転生悪女な私が断罪回避のため軍人王子に取り入ったら予想外に愛されまして

沖田弥子

イラスト／蘭 蒼史

序章　婚約破棄された悪役令嬢

「侯爵令嬢フレイヤ・バリエンダールとの婚約を破棄する！」

王太子の宣言が、絢爛《けんらん》豪華な大広間に響き渡る。

その場にいた貴族たちから、ざわっと不穏な波が生じた。

フレイヤは突然、気がついた。

ここが乙女ゲームの世界で、自分が悪役令嬢に転生していたことを。

どうして今まで忘れていたのかしら……。

フレイヤの前世は平凡な会社員だった。楽しみは乙女ゲームの『ヴァルキリアの神々〜ラブとロマンと星々の宴〜』をプレイすることのみ。北欧神話をベースにした麗しい世界観が大好きで、熱中していた。ゲームでは主人公の聖女となって、王太子やそのほかの攻略対象と恋愛イベントをこなし、王国を救うためのクエストに励んでいた。

しかし、スマホに夢中になっていたせいか、暴走したトラックに撥ねられて死亡してしまう。あっけなく人生が終わったかと思いきや、プレイしていた乙女ゲームの世界に転生していたのだ。

ただし、悪役令嬢として――。

悪役令嬢フレイヤは王太子の婚約者なのをいいことに、聖女に数々の嫌がらせを仕掛け、その罪が暴かれて断罪されてしまうのである。

燃えるようなスカーレットの長い髪に、気の強そうな眦《まなじり》と菫色の瞳。金糸が織り込まれた真紅のドレスをまとい、凛とした立ち姿を見せている。どれもが清純な聖女と対照的であり、まさに悪女そのものだ。

本日のパーティーは、フレイヤが断罪されるイベントだった。

王太子ロキは、フレイヤの悪行を声高にさらす。

「おまえは聖女ミサリを陥れようとした。彼女の飲み物に毒を仕込み、ドレスを引き裂き、果ては城のバルコニーから突き落とそうとした！　我がヴァルキリア王国の聖女は、神秘の力を有する国の宝だ。それを害しようとした罪は決して許されぬ」

フレイヤは自分の罪を、溜息をつきそうになりながら聞いていた。

どれも冤罪である。確かに悪役令嬢フレイヤは、ゲームではそういった悪さをしていたらしいが、いざ自分がその役になったら、まるで身に覚えがなかった。

聖女のミサリが主張しているだけにすぎない。証拠品とされるワイングラスに残った毒や、引き裂かれたドレスはミサリが自ら進んで提供したので、周到に用意したのだと思われる。

純白のドレスをまとったミサリはロキの隣で、しくしくと泣いている。栗色のボブカットに大きな瞳は小動物のようで、保護欲をそそられるだろう。涙は出ていないので泣き真似だが、憐憫を誘う可愛らしい容姿は見る者の同情を引いた。

「フレイヤ様、どうか罪をお認めになってください！」

「認めるもなにも、ミサリが私を陥れようとしているんでしょう。私がいつ、あなたとバルコニーで会ったというのよ」

そもそも、ふたりきりでバルコニーに立ったことすらない。それなのにミサリは、フレイヤから呼び出されたのだと言って、証拠の紙切れを提示した。ご丁寧にその紙には『バルコニーへおいでなさい――フレイヤ』と書かれていたのだ。フレイヤはそんなものを書いた覚えがない。もし手紙をしたためるとしたら、もっと上等な便せんに書くのだが。

ミサリは両の拳を頬にくっつけるというわざとらしいポーズをして、息を呑んだ。

「なんてこと！　フレイヤ様が嘘をつくなんて、わたしはとっても悲しいです」

「だから、あなたが提示した紙切れの筆跡鑑定を頼んで――」

筆跡鑑定をしてもらえれば、フレイヤが犯人ではないとわかるはずである。

何度もそう訴えているのだが、なぜかロキは実行しようとしない。

今も彼は元婚約者であるフレイヤの言い分を遮るように声を上げた。

「言い逃れをするのは見苦しいぞ。罪を認めようとしないばかりか、聖女のせいにするとは言語道断だ。罪の重さを鑑みて、フレイヤ・バリエンダールを斬首に処する！」

斬首刑が宣告されたその瞬間、ミサリの顔に愉悦が浮かぶ。

だがすぐに悲しげに顔を手で覆ったので、誰も聖女の正体に気づかなかった。

陥れられたフレイヤだけが、罠に嵌《は》められたのだとわかっていた。

私はこの世界でも死んでしまうの……？

まだ二十三歳だというのに、命を散らせてしまうのか。

乙女ゲームの世界で死んだら、一体どうなってしまうのだろう。もとの世界に戻れるとは思えない。もっとも戻りたくもないのだけれど。

悪役令嬢のフレイヤがバッドエンドになるのは複数あるルートのうちのひとつだが、もちろん処刑されたくはない。どうにか回避する方法はないものか。

必死に考えを巡らせていた、そのとき――。

「待て、ロキ。おまえの独断で侯爵令嬢を斬首にはできないぞ」

低い声音が響き、場が静寂に包まれる。

誰もが声の主を見た。もちろん、フレイヤも。

漆黒の髪の隙間から覗く、至宝のごとき黄金色の瞳は凶暴さを匂わせる。

眦が切れ上がり、鼻梁はまっすぐで、顎のラインはシャープなため勇猛な雄を思わせた。

眉目秀麗な顔立ちなのに、頑丈な体軀を包む黒の団服が儚さを感じさせない。

彼は第二王子のアレクシスだ。

側室の子なので、王太子のロキとは腹違いの兄弟である。

ふたりとも二十五歳と同年齢で、生まれが数か月違うだけだ。

だが兄弟はすこぶる仲が悪い。

というより、ロキがアレクシスを毛嫌いしていた。

それはアレクシスの持つ異名につながっている。

第二王子が声を上げたことにより、人々の間に畏怖にも似たどよめきが広がる。

「死神王子だ……」

「なんと不吉な……」

漆黒に包まれた威容を誇るアレクシスは、『死神王子』という二つ名があった。それは彼が騎士団に所属し、辺境の蛮族を制圧して数々の武勲を立てたことから名づけられた。

死神王子は獰猛に剣を振るい、敵を残らず駆逐するという。彼が通ったあとは死体の山が築かれ、道は血まみれになるのだと、貴族たちが噂していた。

一度も遠征したことのないロキとは正反対である。

ロキはわずらわしげに金髪を掻き上げ、紺碧の目を眇《すが》めた。

「なにを言う、死神め。僕は王太子なんだぞ。妾腹のくせに黙っていろ」

「王太子には貴族の令嬢を死刑にする権限がないと、俺は言っている。王国の法律くらい知っておけ」

ギリッと歯噛みしたロキは、憎々しげにアレクシスを睨みつけた。

アレクシスの言うとおり、ヴァルキリア王国の王太子には貴族の罪を裁く権限がない。すべては彼らの父であるオーディン王が判断する。

だがオーディン王は病に伏せっているため、本日のパーティーは欠席している。

そのためか、ロキはまるで自分が王であるかのように振る舞っているが、誰もそれに反論できなかった。オーディン王が崩御すれば、次の王は確実にロキになるからだ。

今すぐになんとかしないと、私は処刑されてしまう……！

表面上はつんとした表情を繕《つくろ》っているフレイヤは、内心で焦《あせ》る。

ロキが処刑を許可する王の署名を手に入れたら、それでフレイヤの運命は決定してしまう。どうにかしてバッドエンドを回避しなければならない。

むきになったロキが言い返そうとしたとき、咄嗟にフレイヤは声を上げた。

「待って、アレクシス！　私のために争わないで」

アレクシスに声をかけたフレイヤは、彼の強靱な腕に絡みつく。

こうなったら、攻略対象をアレクシスに変更しよう。それでルートも変わるはずだ。

第二王子のアレクシスは攻略対象のひとりである。

彼を色仕掛けで籠絡すれば、死刑だけは回避できるはず。

すぐにほかの男に乗り換えるなんてプライドが許さないが、命には代えられない。

突然のフレイヤの行動に、アレクシスは眉をひそめる。

彼とは以前から交流はあったものの、それまでのフレイヤは王太子の婚約者として礼節を保ってきた。それなのに恋人みたいに扱われて、疑念を抱くのは至極当然だろう。

なにしろ命が懸かっているので、なりふりかまっていられない。

だがアレクシスは、縋《すが》りついている腕を振りほどかなかった。

「フレイヤのためというより、俺は当然のことを指摘したまでだが」

「そ、そうね。私だって処刑されたくはないわ。今後のためにも、私たちで親交を深めるべきではない？」

つい早口で捲《まく》し立ててしまったが、フレイヤは必死である。

ここでアレクシスが庇《かば》ってくれなければ、断罪ルートからのバッドエンドを迎えてしまうのだ。

「ほう……」

得心したようにつぶやいたアレクシスは黄金色の双眸《そうぼう》を細める。獰猛さを滲ませたその顔は、まさに凶悪な死神といった風情だ。

どうかしら……誘惑は成功したの？

背中に冷や汗が滲み、心臓はどきどきと嫌なふうに鳴り響いている。

フレイヤが懸命に菫色の目をアレクシスに向けていた、そのとき。

苛々したロキが叫んだ。

「なんという悪女だ！　婚約を破棄された途端に第二王子にあっさり乗り換えるとは、恥を知れ！」

「そ、そうなの。私は悪女だから、この行いは当然なのよ」

ロキの罵倒をフレイヤがすんなりと肯定したので、大広間には微妙な空気が漂う。

悪女らしくしなければならない。だってそれが自分に与えられた役割なのだから。

そう信じたフレイヤは、いっそうアレクシスの腕に絡みついて身を寄せる。

馬鹿にされたと感じたのか、ロキの顔が憤怒により真っ赤に染まった。

「誰か、この女を処刑場に引っ立てろ！」

喚き散らす王太子に、居合わせた貴族たちの間から笑いが漏《も》れる。

処刑する権限がないと説明されたばかりなのに、それを無視して自らの要望を押し通そうとする姿は、わがままな子どものようであった。

衛兵は王太子の命令に戸惑っている。

そんな彼らを制して、アレクシスが軽く手を上げた。

気品を感じさせる所作に、衛兵たちは直立の姿勢を保つ。

アレクシスは朗々とした声で提案した。

「では、こうしようではないか。フレイヤを一旦、塔に幽閉しておくのだ。オーディン王の許可を取ってから処刑すればいい」

ロキは目を瞬《またた》かせていたが、やがて何度も頷いた。

「そうだな。それでよい」

この場はそうするしかないのである。妥当な処置だ。

ひとまず、今すぐの処刑は免れたので、フレイヤは深い息を漏らした。

ミサリはというと、じっと成り行きをうかがっていた。そんな彼女を、ロキは気遣わしげに見やる。

「それでいいだろう、ミサリ。フレイヤを幽閉すれば、きみに危害が及ぶことはもうない」

「いいですけどぉ……」

ミサリは不満げに唇を尖《とが》らせた。

彼女としては、今すぐに処刑してほしいのだろうが、そう願っても無理なのはわかりきっているため、それ以上なにも言わない。

場は収まり、フレイヤの処遇が決まる。

アレクシスは堂々と宣言する。

「フレイヤ・バリエンダール侯爵令嬢は、幽閉処分とする。塔への護送は俺が行おう」

カツンと軍靴を鳴らしたアレクシスが身を翻《ひるがえ》すと、漆黒の団服の裾がひらりと舞う。

フレイヤは彼の腕にしがみついているため、そのまま連れられていく。

大広間を出ると、壮麗な廊下を通った。

これでフレイヤを断罪するイベントは終わったことになる。

やった……処刑エンドを回避したわ！

一旦の処置ではあるが、この場ですぐに処刑場へ引き立てられて斬首されることはない。

安堵したフレイヤの顔に笑みが浮かぶ。

「ありがとう、アレクシス……」

思わず礼を言うと、つと彼はこちらを見た。

背の高いアレクシスに見下ろされる格好になる。

その眼差しは、獲物を狩る猛禽《もうきん》類のごとき獰猛さを孕《はら》んでいた。

「悪女なのに礼を言うのか。殊勝だな」

はっとしたフレイヤは設定を思い出す。

心まで悪者ではないが、今は悪役令嬢という立場を生かして第二王子を誘惑したのだった。フレイヤは王太子に婚約破棄された直後にアレクシスに乗り換えた破廉恥な女となっている。

悪女らしく、つんとしていないと、それらしさが失われてしまう。

するりと強靱な腕から手を離し、取り澄ました表情を作った。

「礼を言うのは淑女としての嗜《たしな》みだわ。なにしろあなたは私の誘惑にのってくれたのだしね」

こんな感じでいいだろう。

フレイヤは強気に見えるため、無表情にしているだけで、周りにきつそうな印象を与える。ロキはよくそんなフレイヤを、可愛げがないとぼやいていた。

だがアレクシスは口端を引き上げると、フッと笑いを零《こぼ》す。

「そういうことだな。もう誘惑は終わりなのか？」

「終わりに決まってるでしょう。あんな恥ずかしい真似を……ううん、私の誘惑は安くはないのよ」

なんといっても、悪女なので。

うっかり素が出てしまいそうになったが、なんとか誤魔化せた。

フレイヤが優美な笑みを浮かべると、男の大きな手が伸びてくる。

外したばかりの手を取られて、どきんと胸が弾んだ。

え……どうして手を握るの？

熱くて大きくて、歴戦の強者を思わせる男の手だった。

困惑していると、アレクシスは握りしめたフレイヤの手を自身の腕に導く。

「安くないのはわかっているが、まだ俺を誘惑しておいたほうがいい。処刑が取り消されたわけではないからな」

その台詞に、フレイヤは背筋を冷やす。

幽閉されたのちに処刑されることもありえるわけである。

私は絶対に死にたくない……！

なんとしても斬首だけは避けたい。

そのためには、アレクシスへの誘惑を続行して、彼を籠絡しなければならないのだ。ロキはいずれ王に嘆願して、フレイヤの処刑を認めさせようとするだろう。第二王子の地位があれば王太子に対抗できる。そうしたらオーディン王の心を動かせるかもしれない。

納得したフレイヤは、アレクシスの腕に手を絡ませる。

「そうね。引き続き、あなたを誘惑していたほうがよさそうだわ」

アレクシスは満悦した表情を浮かべる。

これまでは凶悪だと思っていた男の顔に、わずかな瑞々しさが見えたのは気のせいだろうか。

ふたりは廊下を通り抜けると、王宮のエントランスへ出る。

そこには王族専用の豪華な馬車が待機していた。

従者が扉を開けたので、フレイヤは睫毛を瞬かせる。

まさか、この馬車で護送するのだろうか。

フレイヤは一応は罪人なので、格子付きの質素な馬車を使うのが適切ではないかと思うのだが。

腕に絡ませたフレイヤの手を取ると、アレクシスは紳士的にエスコートする。

「さあ、乗るんだ」

「……あの、この馬車は王族が使用するものではなくて？」

「そうだが。俺も乗るから問題ない」

「でも、私は幽閉されるのよね？　だったら罪人らしく格子がついた馬車で運ぶのがセオリーだと思うのよ」

アレクシスは端麗な眉をひそめる。

だが彼は口端を引き上げて、皮肉な笑みを浮かべた。

「ほう？　悪女の最期は惨めな末路がふさわしいということか？」

はっとしたフレイヤは、自分が悪役令嬢という役割を演じようとするあまり、世界観に染まろうとしていたと気づいた。

悲惨な末路なんて望んでいない。

悪女らしく、気高く堂々としていなければならない。

フレイヤは、つんと澄まし顔をした。

「そんなわけないわ。ちょっと気になっただけなの。私は侯爵令嬢なのだから、豪華な馬車に乗るのは当たり前だったわね」

「そうだろう。幽閉とはいえ、フレイヤに惨めな暮らしはさせない。なんといっても、侯爵令嬢なのだからな」

「ええ、当然よね」

なんだかアレクシスの思惑にのせられている気がしないでもない。

私のほうが誘惑してるはずなのに、おかしいわね……。

奇妙な違和感を覚えるものの、おそらく気にしすぎだろう。優遇してくれるというのだから、不満があるはずがない。

フレイヤは丁重なエスコートにより、馬車に乗り込んだ。

アレクシスは無駄のない動きで隣の座席に腰を落ち着ける。

御者が手綱を握ると、車輪が回り出す。

それは運命の輪が回るよう。

薄い笑みを浮かべたアレクシスは説明した。

「幽閉先は、ユミルの塔にしよう。あそこなら不便はない」

ユミルの塔は、アレクシスの所有する領地にある。王都からほど近いそこは、風光明媚な場所だったはず。もちろん牢獄ではない。

王族の所有する塔の中には罪人を閉じ込めておくための寂れた場所もたくさんあるのだが、なぜわざわざ条件のよいところを選ぶのだろう。

「ユミルの塔……？　どうしてそこなの？」

「どうしてかというと、俺が通いやすいからだな」

なぜアレクシスが通う前提になっているのか。

よくわからないが、彼はフレイヤを罪人として扱う気がないらしい。フレイヤにとっては都合がいいと言えた。

処刑を免れるためにも、アレクシスを利用するのだ。生き延びるためにはそうするしかない。

すべてはバッドエンドを回避するためよ……！

決意したフレイヤは悠然とした笑みを浮かべた。

そんな彼女を、アレクシスは黄金色の双眸を細めて見ている。

第一章　死神王子の誘惑

婚約破棄されたパーティーから、数日が経過した。

フレイヤは幽閉されている部屋を見回し、溜息をつく。

室内には天蓋付きの寝台が置かれ、食事をするためのテーブルと椅子、それに羅紗張りのソファもあった。豪華な調度品に囲まれた上、バスルームと着替えのためのクローゼットも隣室にある。

日に三度の食事が提供され、しかも栄養たっぷりの品々だった。

それらを世話しているのは、数人のメイドである。アレクシスが専属で雇ったらしい。

部屋には鍵がかけられているので自由に出入りできないものの、それ以外は何不自由のない暮らしだった。フレイヤが侯爵家にいたときよりも、さらに豪華な部屋と待遇である。

「どうしてこうなったのかしら……。ここにいたら罪人だって忘れてしまいそうね」

ソファに座り、窓からの景色を眺めたフレイヤは独りごちる。

塔の最上階なので、遙か彼方まで緑豊かな丘が見渡せた。特上の眺めはいつまで見ていても飽きない。

処刑を先延ばしにされた罪人は牢獄に入れられて惨めな扱いを受けるものだが、思いがけない優遇に戸惑う。アレクシスは馬車の中で話したとおり、フレイヤを侯爵令嬢として丁重に扱っている。

護送してこの部屋に送り届けて以来、彼はここを訪れていない。

通いやすいからユミルの塔を選んだと言っていたが、いつ来るのだろう。

気がつくと、アレクシスの訪問を待ちわびている自分がいた。

「暇だからよね……。ロキの婚約者だったときは本当に忙しかったわ」

フレイヤは少し前を思い出した。

侯爵令嬢であるフレイヤ・バリエンダールが王太子ロキの婚約者に選ばれたのは、十八歳のとき。

それは青天の霹靂《へきれき》だった。

王宮からの命令で妃候補の試験に挑んだフレイヤは、最終候補に残った。

淑女として当たり前のことに答え、提示された課題をこなしただけだ。

だけど自分は選ばれないだろうと思っていた。ほかの妃候補の中にはフレイヤよりも高位の貴族の令嬢がいる。

王太子妃となるのに必要なものは、なによりも品格である。

それは身分と比例している。侯爵令嬢という身分では、ヴァルキリア王国の王太子妃となるのにぎりぎりのラインだった。

だが、最終結果で告げられたのは、フレイヤの名だった。

「フレイヤ・バリエンダール侯爵令嬢を、王太子の婚約者とする」

高らかに宣言された侍従長の言葉が、広間に響き渡る。

フレイヤは驚きながらも、ドレスの裾を抓《つま》んで淑女の礼をした。

「ありがたく、お受けいたします」

玉座に座っているオーディン王は温かい目で見守っている。対してロキはふて腐れたような顔をして、目を逸《そ》らしていた。

どうやら王太子は別の令嬢を指名したかったらしいが、王の意見によってフレイヤが選ばれたのだろうと察した。

その日から、フレイヤの怒濤《どとう》の日々が始まる。

宮廷の礼儀作法、ダンスや食事のマナー、それから数多《あまた》の儀式についてなど……。それらを講師から学び、さらに王国の歴史や帝王学まで勉強する。それはいずれ王妃となる者としての義務だった。

ほかの令嬢たちのようにお茶会をしている暇などない。

寝る間も惜しんで、フレイヤは王太子妃となるための努力を重ねた。

やがてオーディン王に信頼され、行政書類の作成を手伝うまでに至る。

王都の治水工事や辺境の領主からの陳情書など、処理すべき仕事は無限に存在した。もちろん文官がそれらの担当ではあるのだが、彼らはあくまでも補佐なので、王が率先して行うきまりである。

王ひとりでは手が回らないため、本来は王太子であるロキが仕事を手伝うべきなのだが、彼はメイドを追いかけて遊び呆《ほう》けていた。

婚約者なのにふたりの仲は進展がなく、ロキはフレイヤを嫌っていた。

オーディン王からは「いつかロキは目を覚ましてくれるだろう。それまでにフレイヤが支えてくれ」と言われていたので、フレイヤは様々なことを呑み込んでいた。

そんなときにフレイヤに声をかけてくれたのは、第二王子のアレクシスだった。

彼は死神王子として恐れられていたが、仕事で寝不足のフレイヤを気遣ってくれた。優しさを見せるアレクシスに、乙女心がぐらつかなかったと言えば嘘になる。

ロキと結婚したら、彼はフレイヤの弟ということになる。

もちろん特別な感情はないが、親戚になるので仲良くしたいと思っていた。

だが、それならロキに好意を抱いているかと胸に問いかけると、疑問が生じた。

将来は夫となる人だが、互いに好き合って婚約者になったわけではない。周囲の思惑により結婚する予定が組まれただけだ。しかもロキがフレイヤに歩み寄る姿勢は見られない。

だけどオーディン王の言うとおり、ロキだっていつかはフレイヤが王国のために尽くしているのを認めて、心を開いてくれるだろうと期待していた。

だが、ミサリが現れたことにより、事態は大きく動く。

大司教の娘であるミサリは、聖女と認められていた。

ヴァルキリア王国においての聖女は、神秘の力を有しており、人々を幸福に導くという言い伝えがある。

それゆえ彼女は王宮に出入りするようになったが、度々ロキと密会しているようだった。

フレイヤはふたりが親密な仲であることに気づいていたが、ロキを糾弾しなかった。

オーディン王にも側室のイズーナ妃がいたからである。ただ、イズーナ妃はアレクシスを出産したときに亡くなっている。

王が側室を持つのは、王家を存続させるために認められていることだ。

だけどまだ跡継ぎどころか結婚すらしていないのに、もうほかの女性に目移りしているのはどうなのかと思わなくはない。

さらにミサリの言動にはわざとらしさがあり、フレイヤは不審を抱いていた。

紅茶に毒を入れられたとか、ドレスを引き裂かれただとか大騒ぎをしては、それをフレイヤのせいにするのである。まったく身に覚えがないので、フレイヤは首を捻《ひね》っていた。

そうしてパーティーでの婚約破棄を迎えたのだ。

ミサリは王太子妃になるために、ロキと共謀して計画的にフレイヤを陥れたのである。ロキの独断でないことはわかっている。なぜなら彼は、自分からなんらかのアイデアを提案できないからだ。常に人の意見に流されて、文句しか言わないタイプだった。

思い返したフレイヤは嘆息を零す。

「婚約破棄されてよかったかもしれないわね。あのままロキと結婚するなんて考えられないわ。私がすべての仕事をこなして過労死してたかも」

フレイヤはすでに王太子の婚約者ではない。いずれ近いうちに、ミサリが婚約者となるのだろう。

落胆というよりは肩の荷が下りたので、フレイヤは爽快な気分だった。

ただ、罪状については納得がいかないので、そこは名誉を回復したいし、処刑だけは回避したいが。

そんなことを考えていたとき、扉の錠前が開けられる音が耳に届く。

メイドが掃除をしに来たのだろうか。

フレイヤは幽閉されている罪人であるにもかかわらず、使用人は屋敷のメイドと同じように礼節を守って接してくる。もちろんフレイヤには彼らをどうにかしようという意思はないし、脱走を考えているわけでもないが、もはやなんのために鍵をかけているのかわからないくらいだ。

すると、開いた扉から現れたのはアレクシスだった。

今日も団服に身を包んだ彼は、漆黒のマントを翻す。

「囚われの姫様のご機嫌はいかがかな」

「いつ処刑になるのか怯《おび》えているから気分は最悪よ」

「そのわりには堂々としているな」

「それはもう。私は稀代の悪女だもの」

フッと笑ったアレクシスは、マントを外して控えていた従者に預ける。

彼の後ろには従者のほかに、花瓶を持ったメイドもいた。

アレクシスが軽く手を上げると、メイドはテーブルに花瓶を置く。

「閉じこもっているのは退屈だと思ってな。薔薇を用意させた」

「まあ……綺麗ね」

真紅の薔薇は可憐に咲き誇っている。

その瑞々しさにうっとりしたフレイヤは目元を緩める。

「もちろん薔薇の棘はすべて削ぎ落としている。囚われの姫様が妙な気を起こさないようにな」

そう言ったアレクシスはフレイヤの隣に腰を下ろす。

あくまでも礼節を守った距離だが、彼は探るかのように黄金色の目を向けてきた。

まるで極上の蜂蜜を溶かしたみたいな美しい瞳の色に、どきんと心臓が跳ねる。

なんだかアレクシスに本当の自分を見透かされているような気になった。きっと今の気持ちはときめきなんかではなく、悪女ではないことが露見したら困るからだ。

私は悪役令嬢なんだから、それらしくしないと、この世界が回らないわよね……？

そう思ったフレイヤは、つんと澄ました顔を作る。

「見くびらないでちょうだい。私は婚約破棄されたからといって、世を儚んだりしないわ」

それは本心だった。

婚約破棄されたショックから自害を考えていると思われたのかもしれないが、そんな気はまったくない。

むしろ王太子の婚約者という重い枷から解放されて喜んでいるくらいだ。

すっきりしている表情のフレイヤを見つめたアレクシスは、薄い笑みを浮かべる。

「そうか。それを聞いて安心した」

彼は控えていた使用人たちに手を振った。

従者とメイドは部屋を出ていく。扉が閉められるが、鍵はかけられない。室内にアレクシスがいるからだ。

頑健な体軀の彼をねじ伏せてフレイヤが脱走するなんて不可能なのは誰が見てもわかるわけだが、さほど幽閉が厳格ではないことに少し安心する。

アレクシスは表情を引きしめた。

「フレイヤが聖女を害しようとした罪について、俺は疑問を持っている。おまえは自分を悪女だと言うが、他人を害するような言動はこれまで見受けられない」

「そうよ。冤罪だわ。毒を飲ませようとしたとか、バルコニーから突き落とそうとしたとか……すべてミサリの嘘なのよ」

「なるほど。ロキはなぜか証拠品を鑑定する必要はないと言い張っている。あいつは信心深いわけではないのに、聖女に異常なほど肩入れしている。それが答えだろう」

フレイヤは目を瞬かせた。

アレクシスは、フレイヤの無実を信じてくれるのだろうか。

「私が冤罪だというのを、信じるの……？」

「信じる。王太子が婚約者に不正を被せるなど見過ごすことはできない。俺がフレイヤの罪を晴らすと約束しよう」

「本当に……⁉」

冤罪だと証明できるのだろうか。

だけどそれには、ロキとミサリに罪を認めさせる必要がある。彼らは決して真実を明らかにしないだろう。

それどころか証拠を隠滅して、一刻も早くフレイヤを処刑しようとするはずだ。

フレイヤが死ねば、永久に冤罪だなどと叫ばなくなるのだから、真相は闇に葬られる。今この瞬間にも、ロキがオーディン王から処刑の許可を取っているかもしれない。憂鬱になったフレイヤは顔をうつむかせる。

「……でも、私はいつ処刑されるかわからないのよね」

「それについては心配ない。オーディン王はフレイヤの処刑に反対している。ロキも無理に押そうとはしていない。王には逆らえないからな」

「そうなのね」

ほっとしたフレイヤはオーディン王を思い出した。

慈愛と慧眼《けいがん》に満ちた王は、いつでもフレイヤを頼りにしてくれた。一方で遊び呆けているロキには苦言を呈していた。

オーディン王も、普段のフレイヤの行いを鑑みて、今回の件について懐疑的に考えているのだ。王さえ承諾しなければ、フレイヤが処刑されることはない。

アレクシスは強い眼差しで言った。

「俺が、処刑の許可を出させない。だからフレイヤが処刑されることは永遠にない」

彼の強固な意志を感じて、フレイヤは戸惑う。

どうして彼はこんなに自分によくしてくれるのだろうか。

もう婚約を破棄されたので、フレイヤが王族になる可能性はなくなった。幽閉されて処刑を待っているだけの侯爵令嬢なんて誰も顧みないだろう。

それなのにアレクシスは、フレイヤに心を砕いてくれる。

「どうして、私のためにそこまでしてくれるの？」

そう問いかけると、フッと彼は目元を緩めた。

死神らしい鋭さが消えて、甘い蜂蜜のごとく瞳が蕩ける。

「さて、どういう理由にしようか」

まるで駆け引きされているようで、反発心が芽生える。

私を試そうとしているの……？

間違っても、フレイヤに気があるからなんていう理由ではないはずだ。

きっと、ロキの地位を剝奪して王太子になりたいだとか、そういうことではないか。

そう思ったとき、黄金色の双眸がまっすぐに向けられた。

「フレイヤの魅力に絆《ほだ》されたとするか」

「ふうん。あなたは魅了されているようには見えないわね」

「そうでもない。俺は昔から、おまえのことだけを考えている」

吸い込まれそうなほど美しい金色の輝きから、目が離せない。

フレイヤは魅入られたかのように瞬《まばた》きもせず、アレクシスの双眸を見つめた。

ゆっくりと精悍な顔が傾けられ、唇が近づく。

はっとしたフレイヤは、びくりと肩を揺らした。

その瞬間、アレクシスの顔が少し離れる。

え……今、キスされそうだったの……？

どきどきと胸が早鐘のごとく脈打っている。フレイヤは睫毛をぱちぱちと瞬かせた。

誰ともキスなんてしたことがない。ロキとは不仲だったため、手をつないだことすらなかった。

アレクシスはキスをしなかったものの、身を屈《かが》めた体勢のままなので、ふたりの距離は息がかかりそうなほど近い。

いつ唇がぶつかってもおかしくないくらいだ。

緊張したフレイヤは、こくんと唾を飲み込む。

「離れてくださる？　私は婚約破棄されたからといって、すぐにほかの殿方になびくような女じゃないの」

「俺を誘惑したじゃないか。あれはなんだったんだ？」

「あっ……あれは……」

処刑を回避するために、仕方なくやったことだ。

本来は男性を誘惑しようなんて到底思わないし、どうするのかもわからない。

それはロキに操を立てているなどというわけではなく、単に恋心も駆け引きもフレイヤが知らないからだった。アレクシスを誘惑したのは、処刑されたくないので必死だっただけだ。

　とりあえずは達成できた安心感から、誘惑のことなんて忘れてしまっていた。

　口ごもっていると、恐いくらいに獰猛な色を孕んだ黄金色の瞳が間近に迫る。

「演技か？」

「……そうね。演技よ」

「ということは、俺のことはなんとも思っていないわけか」

　なぜそんなことを確認するのか、よくわからない。

　目を逸らしたフレイヤは辿々しく答える。

「なんともというか……アレクシスは第二王子で、ロキの弟だから私の弟になるはずだったわけでしょう？　それ以外にどう思うのよ」

「なるほど」

　低いつぶやきが聞こえた、その刹那。

　フレイヤの頬に熱い唇が押し当てられ、離れていった。

　突然のことに驚き、彼から逸らしていた目を、いっぱいに見開く。

「えっ？　い、今のは……」

　頬に手を当てたフレイヤは、瞠目したままアレクシスの顔を見た。

キスを盗んだ男は悠然として、笑みを刻んでいる。

「次は唇を奪うぞ」

傲慢な宣言に息を呑む。

どうして唇を奪われなくてはならないのか。

驚いたフレイヤは身を引いた。

だがすぐにソファの端に背がつく。アレクシスの長い腕を伸ばせば悠々と手が届く距離だ。

「ど、どうしてアレクシスとキスしなくちゃならないのよ！」

「理由が必要か」

「当たり前でしょう」

困惑していると、アレクシスは蕩けるような微笑を浮かべた。

彼の長い腕が伸ばされ、大きなてのひらがフレイヤの頬を包み込む。

「俺は、おまえを抱きたい。それではダメか？」

かぁっと頬が火照り、フレイヤは内心で激しく動揺した。

こんなふうに求められるなんて、初めてだった。

だけど、嫌ではない。彼の甘さを含んだ低い声音も、頬を包み込む熱いてのひらも、そしてひたむきに見つめてくる黄金色の瞳も、すべてが胸をときめかせる。

恋なんて知らない。

それなのに、こんなにも心臓がどきどきと脈打っている。

痛いくらいに鼓動が駆けているのにもかかわらず、ふわふわして心地よいのはなぜなのか。

その答えを知りたい気もするが、知ってはいけないとも思う。

まるで獰猛な蜘蛛が蝶を搦め捕るような危険な香りを、アレクシスから感じるのだ。

彼の誘惑にのってはいけない。

理性に警告されたフレイヤは、ばしりと彼の手を叩き落とした。

「強欲な獣ね。キスだけでなく、私のすべてを喰らい尽くそうとでも言うの？」

つい絆されそうになってしまったが、彼は唇だけでなく、フレイヤの純潔を奪おうというつもりでいる。

もはや誰のものでもないが、それならなおさら純潔は明け渡せない。

乙女心として、好きな人としか体を重ねたくなかった。

強気で見返すが、アレクシスは怯《ひる》むどころか、さらに笑みを深める。

「そうこないとな。堕とし甲斐があるというものだ」

「遊びたいならほかを当たってちょうだい」

「遊びじゃない。そんな程度なら、あの場でおまえを庇っていない」

真剣に紡《つむ》がれた言葉に、どきんと胸が弾む。

いくら弟であっても、王太子に反発する行為は罰せられかねない。だから誰も異を唱えなかったのだ。アレクシスは己の身を懸けて、フレイヤを守ったのである。

ということは……本気で私を抱こうとしているの？

そんなことは信じられなかった。

フレイヤが王太子の婚約者だったとき、彼はごく紳士的に接してきて、色気のある話などしなかった。もちろんフレイヤのほうも、婚約者の弟としてしか見ていなかった。

彼はフレイヤの魅力に絆されたなどと言うが、そんなことはないと思う。

だってフレイヤは、見るからに強気な悪役令嬢なのだから。

婚約者のロキですら「可愛げがない」と常々言っていた。

自分でもそう思う。

ミサリのように可愛らしい容姿ではないし、甘えるような声も出せない。男性に頼るなんてことはできない。誇り高い王太子妃となるべく、志を高く持ち、勉強や仕事に邁進してきた。

男性から見たら、可愛いわけがないだろう。

そのはずなのに、アレクシスは叩き落とされた手を引こうとしない。悪戯《いたずら》を仕掛けるかのように、ちょいと人差し指でフレイヤの小指を持ち上げる。

「俺のことが嫌いか?」

「そういう問題じゃないわ」

「嫌いなわけないよな。ロキが好きなら、あいつに泣いて縋っているはずだ。俺に好意があるから、しがみついてきた。そうだろう」

「……あなたって相当な自信家なのね」

「そのとおりだ。臆病者なら、死神王子なんていう異名はつかない」

飄々《ひょうひょう》としているアレクシスは、いっそ清々しい。

憎らしいほどの自信家である。彼が剣の鍛錬をして、ほかの騎士と戦っているところを見たことがあるが、死神という名にふさわしい強さだった。

もっとも、戦場での様子を実際に見たわけではないので、死神が通ったあとには死体の山が築かれるなんていう噂が真実なのかはわからないが。

節くれ立った長い指は、希《こいねが》うかのようにフレイヤの小指をもてあそんでいる。

くすぐったいのに、振り払えなかった。

「誘惑したのだから初志貫徹するべきだ」

「そう……かしら?」

触れているのは指先だけなのに、彼の体温が伝わり、火傷しそうなほどの熱さを覚える。

じんわりとして、この熱に溺れたくなる。

そんな想いが生じたことに戸惑ったフレイヤが目を揺らしたとき。
小指に絡んでいた熱が、ぐっと手の甲を覆った。
「キスしよう。俺を好きになれ」
「……え?」
手を握られて驚いているうちに、眼前が陰る。
熱い唇が押し当てられた。
キスされてる――。
柔らかい唇の感触を、体を硬直させたまま受け止める。
初めてのくちづけは甘い蜜の味がした。
フレイヤは目を閉じるのも忘れて、ぼうっと間近に迫る黄金色の瞳を見つめていた。
チュウ……と下唇を啄まれる感触に、はっとなる。
慌てて体を離そうとするが、強靱な男の腕に囚われていた。
「ん……んん」
顔を背けようとしても、大きな手に頬を包まれていて逃れられない。
強い力で押さえつけられているわけではないのに、抗えなかった。
角度を変えて唇を深く貪るアレクシスに雄を感じて、ぞくんと背筋が粟立つ。
思わず厚みのある胸に手をついて引き剝がそうとした。

だけど強靱な体軀は、びくともしない。今度は背中を叩いてみたが、まったく効き目がないようだ。

濃密なキスは延々と続けられる。雄々しい唇はぴたりと押し当てられ、きつく吸い上げられている。

まるで肉食獣に捕獲された小動物のごとく、フレイヤは男の腕の中でもがいた。

少しだけ唇が離され、ふたりの目が合う。

うかがうような黄金色の瞳に獰猛な気配を感じた。

けれど臆したら、彼の思うままにされてしまう。

気力を奮い立たせたフレイヤは、目に力を込めた。

「淑女を貪るなんて、死神王子は紳士とは言えないわね」

「声が震えてるんだが。少々がっつきすぎたか？」

喉から笑いを零すアレクシスに、かっとしたフレイヤは頬を叩こうとした。

だが密着しているため、手を上げようとしても剛健な胸板に阻まれて動かせない。

怒りが湧いたのは図星だからだった。

強引にファーストキスを奪われたことに困惑している。

だけどそれを悟られたくはないので、虚勢を張っているのだ。

だって私は、悪役令嬢なのだから。

悪役令嬢は男性に媚びたりしないし、キスを恐れて泣いたりしない。

いつだって毅然として胸を張っていなければならない。

濃厚なキスにより、ぽってりと腫れた紅い唇を、つんと尖らせる。

「震えてなんかいないわ。ちょっと声が掠れただけよ」

「そうか。それじゃあ、キスを続けようか」

性懲りもなく再び迫ってくるアレクシスに瞠目する。

端麗な顔が傾いたのを、今度はしっかりと目に捉えた。

「ちょっと待って！」

「どうした」

アレクシスはキスの直前で動きを止める。

だが彼の唇はすぐにくちづけられるほど間近にある。

「話しにくいから、少し離れてくださる？」

「断る。このまま話せ」

にべもない。仕方なくフレイヤは背を反らして顔を離そうとするが、その分だけアレクシスが身を寄せてくる。

このままでは流されてしまう。それは悪女の矜持《きょうじ》が許さなかった。

「どうしてあなたへの誘惑を続行しなくてはならないの？」

「それはそうだろう。おまえは処刑されたくないだろう?」

「当然よ。誰だって冤罪で斬首になんてなりたくないわ」

「そうだな。だがおまえは幽閉されている身だ。冤罪を証明するには、俺を懐柔するべきだ。第二王子の俺なら証拠を集めて、フレイヤの無実を明らかにできる。そうすれば処刑は正式に取り消されるだろう」

もっともな理屈なのだが、アレクシスがそこまでする理由がない。フレイヤに魅了されたからというのは、いかにも取ってつけたように聞こえた。

私を抱くために理屈を捏《こ》ねているようにしか受け取れないわ……。

要するに、アレクシスを誘惑した責任を取らなくてはならないのだ。

そうでなくては彼自身が自らの行動に納得できないのかもしれない。王太子に刃向かうということは、アレクシスの地位も危うくなる。ただでさえロキから疎まれているのに、僻地の長期任務に就かされるなどの憂き目に遭ったら気の毒だ。

彼のためにも、誘惑を続けてあげよう。

悪女らしく、アレクシスを利用して幽閉から逃れるのだ。

彼が懐柔されることを望んでいるのだから、ベッドで思う存分、フレイヤを救ったことへの大義名分を与えてあげればいい。

顔を逸らしたまま、フレイヤは気高く言った。

「わかったわ。私を抱かせてあげる」

「ほう……。滾《たぎ》るな」

すうっと黄金色の双眸が凶暴に細められる。

気が強い悪役令嬢をつい演じてしまったが、フレイヤは震え上がりそうになった。

だけど今さら取り消せない。

どうしよう……恐いんだけど……。

男女の営みについては講義で習ったものの、当然ながら実体験は皆無だ。処女を散らすときはかなりの痛みを伴うと教わったが、一体どれほどなのか。想像すると恐怖しか湧かない。

しかし、純潔を捧げるよりもっと大事なことがある。

それは悪女としての誇りだ。

男を手玉に取ってこそ、悪女の真髄ではあるまいか。

そうよ、処刑を回避して私の名誉を取り戻すために、アレクシスを利用してやるんだわ
……！

それこそ、この世界の悪役令嬢である自分の役目なのだ。

きりっと表情を引きしめたフレイヤだが、体は正直なので、背を反らしたままである。

ちなみに強靱な腕が背に回されているため、落ちる心配はない。彼が腕を放したところ

で、ソファの座面に落下するだけではあるが。

「……覚悟のわりには、避けているように見えるのは俺の気のせいか？」

「そうね。気のせいよ」

「ベッドに行こうか。フレイヤの気が変わらないうちに抱かせてもらわないとな」

強靱な腕に軽々と抱き上げられ、ドレスの裾がふわりと舞う。

不安定な体勢になっていたフレイヤは抵抗することもできず、易々とソファから連れ去られた。

天蓋付きのベッドまでは、数歩の距離である。

長い脚を繰り出したアレクシスは瞬く間にベッドへ辿り着くと、宝物を扱うようにそっとフレイヤの体を下ろした。

純白のシーツに背がついた途端、恐れみたいなものが胸に湧く。

覆い被さってきたアレクシスの肩を、渾身の力で押し戻した。

だが敵うはずもなく迫られたので、するりと身を躱《かわ》す。

「待って。ドレスを脱ぐわ」

「待てばかりだな。おあずけを食らう犬の気分も悪くはないが、それだけ欲望が膨らむのはわかっているのか」

「賢い犬はどこまでも忠実なものなのよ」

にっこりと微笑みを浮かべたフレイヤだが、内心は大量の冷や汗を掻いている。

抱かれるのが恐いから心の準備をさせてほしいなんて言えない。

とにかくドレスを脱ぐ間に、きちんと覚悟を決めよう。悪女に二言はないのだから。

身を起こしたフレイヤが立ち上がろうとすると、アレクシスはそっと華奢な肩に手をかけた。まったく力は入っていない。それどころか、壊れ物を扱うかのように丁重な仕草だった。

「座れ。おまえはなにもしなくていい。全部俺がやる」

「……え？」

菫色の目を瞬かせたフレイヤは、すとんとベッドサイドに腰を下ろす。

どういう意味だろう。まさかアレクシスがドレスを脱がせるというのか。

身分の高い殿方は、自分ではなにもしないものである。

着替えをして靴を履き、体を洗うのに至るまで、すべて使用人に任せて指一本すら動かさないのがふつうだ。

もちろん妻や恋人の世話を焼くなどということはしない。

まして王族ともなれば、女性のドレスを脱がせるなんて、侮辱にも近いのではないか。

そういったことは使用人のすることである。

不思議に思っていると、アレクシスは平然と足元に跪《ひざまず》いた。

彼はフレイヤの靴に手をかけて、丁寧に脱がせる。

まるで従僕のようなことをする彼に、驚きがよぎる。

「アレクシス、いけないわ！　あなたは王族なのに、従僕みたいなことをするなんて……」

「俺がやりたいんだ。ただし、ほかの女にもやるわけじゃない。おまえだけだ」

なぜあえて説明するのかよくわからないが、蹴り上げでもしたら彼に怪我をさせてしまうので、おとなしくしていた。

彼の長い睫毛が伏せられているのを、どきどきしながら見つめる。

両足の靴を脱がせると、アレクシスは恭しく手を取ってフレイヤを立たせた。

「ドレスを、脱がせるぞ」

あえて言うので、どきりとしてしまう。

動揺を押し隠すように、フレイヤは凛として佇む。

「どうぞ」

「潔いな」

ドレスの上着にあたるガウンに、彼の手が触れる。

その手の感触を布越しに感じて、どきどきと鼓動が速くなる。

リボンをほどき、襟を開かれたときに、指先が首の皮膚を掠める。

敏感なところに触れられて、びくんと肩が跳ね上がった。

「ん？　指が当たったか？」

「いいえ、大丈夫よ」

平静な顔を繕っているが、フレイヤはかなり緊張していた。

それは言葉を発して、今まで自分が息を詰めていたのに気づいたことで自覚した。

こっそりと息を整える。心の中で「私は悪女、私は悪女……」と呪いのように唱え続けた。

心の声に集中できたためか、ガウンを脱がされ、スカートとペチコートを下ろされても動揺しないで済んだ。

ついに、フレイヤは裸体をさらす。

胸の膨らみも下生えも、男の眼前にさらしている。

入浴のときはメイドの前で裸になっているので、人前にさらすことへの抵抗はあまりないが、男性に肌を見せるのはもちろん初めてだ。

しかも入浴のためではなく、今からセックスするために裸になっているわけで……。

考え出すと羞恥のあまり、顔が熱くなってしまう。

内心では混乱しているが、表情に出ないようぎこちない微笑を保つ。そんなフレイヤをアレクシスは黄金色の双眸で、じっくりと眺めた。

「素晴らしい美しさだ。まるで女神のようだな」

彼は美術品を愛でる蒐集《しゅうしゅう》家のように双眸を細めている。

そこに卑猥な色はなく、純粋に美しさを褒めているように見えた。

「そ、そう？」

褒められて嬉しいけれど、なんと返せばよいのかわからない。

誘惑するのなら、娼婦みたいに彼の首に腕を回せばいいのかもしれないが、動揺しているフレイヤにそんな余裕はどこにもない。人形みたいに直立していることしかできなかった。

肌にそっと大きな手が触れてくる。

まるで怯える子猫を宥めるような仕草で、肩を撫で下ろされる。

裸のフレイヤを覆い隠すかのように、強靱な男の体にすっぽりと包まれた。

チュッと、こめかみにキスされる。

くすぐったさに身を捩《よじ》ると、いっそう腕の中に閉じ込められてしまう。

彼はまだ服を脱いでいない。裸で漆黒の団服に包まれるのは、まるで悪魔に囚われた生贄のよう。

流れるように自然な動きで、アレクシスは華奢な体を抱え上げる。

そのままベッドの純白のシーツに、すとんと下ろされた。

瞬く間に軍靴と上着を脱ぎ捨てたアレクシスは、傲慢な雄の顔をして迫ってきた。

「俺に愛される覚悟はできているか？」

「も、もちろんよ。覚悟は……と、とっくにできているわ」

辿々しいフレイヤに、疑念を含んだ黄金色の目が眇められる。

とろりと蜂蜜を溶かしたようなその瞳が間近に迫ったかと思うと、熱い唇が重ね合わされた。

自然と瞼を閉じれば、雄々しい唇の感触のみに支配される。

しっとりと包み込まれるのを、心地よく感じた。

気持ちいいのに、胸はどきどきと高鳴っている。

ぬるりと唇の合わせを割り、獰猛な舌が挿し入れられた。

びくん、とフレイヤの肩が跳ね上がる。こんな濃厚なキスの仕方があるなんて、知らなかったので、思わず驚いてしまった。

けれど深いキスは止まらず、男の舌は歯列を舐《ねぶ》り、口内を蹂躙《じゅうりん》する。

舌先で敏感な口蓋を突かれると、ぞくんとした快感めいたものが湧き上がり、思わず腕を上げた。頑健な胸板に手をつこうとするが、密着しているので叶わず、背にしがみつくような格好になってしまう。

「ん……んん……ふ……」

鼻にかかった甘い声が、キスに呑まれていく。

怯える舌根を掬《すく》い上げられ、濃密に搦め捕られる。

チュクチュクと淫猥な音色を響かせながら、濡れた粘膜を擦《こす》り合わせた。

そうされると、体の芯が疼いてたまらなくなる。

虚勢を張り強張っていた体が、アレクシスの濃密なくちづけで蕩かされ、熱く昂っていく。

交わる唾液を飲み込みきれず、口端から零れる。

くちづけを解いたアレクシスは、それを舐め取った。

ぼんやりしたフレイヤが潤んだ瞳を向けると、唇を舐める捕食者の顔を目の当たりにする。

「たまらないな。俺を夢中にさせるおまえはやはり、罪深い」

掠れた低い声が鼓膜を撫でる。

それすらも甘美なものに変わり、どきんと心臓が跳ねた。

私は……アレクシスにときめいているの……?

彼を好きでもなんでもないはずなのに、どうしてこんなに胸が弾むのだろう。しかも、ちっとも嫌ではない。誘惑する必要性があるからこうして体を重ねることになっただけのはずが、彼とのセックスに期待している自分がいる。

そんな心境に戸惑ったフレイヤは、彼のシャツに縋りついていた手を離した。

所在なさげにシーツを摑み、うろうろと視線をさまよわせる。

黄金色の双眸と目を合わせられない。

すると、体を起こしたアレクシスが、潔くシャツを脱ぎ捨てる。

露わになった肉体は鍛え上げられていて、まるで神が造形したかのような美しさだった。

「服を着たままなのは淑女に対して無礼だったな。俺もすべて脱ごう」

「そ、そうね」

無礼なのかどうかはよくわからないけれど、自分だけが裸なのは恥ずかしい。

しなやかな猛獣のような彼の体は勇猛さと瑞々しさを兼ね備えていた。

思わず見惚れていると、ズボンと下穿きも彼は脱いだ。

すると猛々しい雄芯が露わになり、天を衝く。

あまりにも極太なので目を瞠る。

裸体の彫像で見たことのある男性器とは、まったく大きさが異なっていた。

だけどじっくり眺めるなんて、はしたないことに気づき、フレイヤはそっと目を逸らす。

ゆっくりと覆い被さってきたアレクシスが、耳元に低い声音で囁く。

「おまえを抱きたくて、もうこんなになっている」

かぁっと、顔が熱くなる。

美声で鼓膜を舐った彼はそのまま、耳朶《じだ》を甘嚙みする。

ねっとりと舌でなぞられ、ぞくぞくと背筋が粟立った。

唇は首筋を伝い下り、チュ、チュッと淡い徴《しるし》を刻みつけていく。

仄かな刺激が心地よく、痛みはなかった。

鎖骨から胸の膨らみへと滑り下りた唇が、柔らかいところにいくつものキスをする。

たくさんのくちづけに、初心《うぶ》な体は少しだけ力が抜けた。

ほう……と吐息をつくと、大きなてのひらに両の乳房が包まれる。

やんわりと揉み込まれ、淡い快感が湧き上がってきた。

アレクシスは円を描くように膨らみを揉みながら、紅い尖りにチュッとくちづける。

「あっ」

その刹那、びりっとした強い刺激が体内を走る。

胸の突端がこんなに感じるなんて、知らなかった。しかも一瞬キスされただけなのに。

思わず声を上げてしまったフレイヤは口を閉じるが、雄々しい唇は何度もキスを繰り返す。

チュッ、チュッ、チュウゥ……と、執拗に吸いつかれる。唇で舐られた乳首は、すっかり紅く色づき、勃ち上がった。

「ん、んっ……んぅ……」

「声を我慢しなくていい。啼いてくれたら俺が喜ぶ」

傲慢な発言に反発心が湧いたフレイヤは、ぷいと顔を背ける。

唇をきつく引き結んだ彼女に、アレクシスは嬉しそうに口端を引き上げた。まるで落としがいのある獲物を見つけたかのように。

「どこまで我慢できるか、見物だな」

「大きな声を上げるなんて、はしたないわ。私は娼婦じゃないのよ」

「そんなことは関係ない。感じているとわかったら、男は嬉しいものだ」

「感じたら、ってことよね」

「そうだな。感じないなら、声も出ないな」

自信たっぷりに笑みを刻んだアレクシスは、自分の愛撫でフレイヤが感じるものと思っているようだ。

こうなったら易々と声を上げるわけにはいかない。

そんなに感じたりしないわよね……。

大きな声を出すなんて恥ずかしい。愛撫されたくらいで声が出るほど感じないだろう。

そう思ったフレイヤは、ぎゅっと枕の端を握りしめる。

両の乳房から手を離さないアレクシスは、頭を下げた。

乳暈ごと口中に含み、巧みに舌を使って突起を舐る。

きつく吸い上げながら乳首に舌を絡められると、凄絶な快感が込み上げる。

まるで体の芯を甘く引き抜かれるかのような感覚に、フレイヤは息を呑む。

「あっ……あっ……ん、ぁ……」

唇からこらえきれない喘《あえ》ぎが零れ落ちる。

胸への愛撫は甘く優しく、激しさの片鱗を滲ませていた。

ぬるぬると口中で乳首を舐め溶かされる。しかも、もう片方の突起も指先で抓まれて、こりこりと捏ねられる。

胸から広がる快楽が下腹に伝播し、むず痒いような感覚に襲われた。

ようやく乳首から唇が離れたと思ったら、今度は左の突起を口に含まれる。散々舐められて、濡れ光っている右の突起は、きゅっと指先で抓まれた。

「んっ、んくぅ……」

どうにか声を出すのを我慢できているが、その分だけ感じたものが体内に凝《こご》っている気がする。

下腹が疼いてたまらない。彼の舌が巧みに乳首を舐るたびに、びくびくと小刻みに体が跳ねた。

ジュッ……と、きつく吸い上げられ、意識が遠のくほどの強烈な快感が走る。

彼が唇を離すと、じゅわりと濡れたものを下肢に感じた。

「はっ……はぁ……」

解放されたフレイヤは大きく息をつく。

だけど彼の手と唇は胸から離れただけで、愛撫は終わらない。両手は胴を撫で下ろし、太腿に辿り着いた。

チュッ、チュと内股にくちづけられ、はっとしたフレイヤは身を起こそうとする。

「待って、今……濡れたみたいなの」

濡れた感触がしたので、もしかして粗相をしてしまったのだろうか。

そう思ったが、アレクシスは嬉しそうな笑みを零す。

「ほう。見てやろう」

膝裏に手をかけられ、大きく割り広げられる。

秘所をさらすなんて恥ずかしくてたまらないのに、じっくりと炙るように眺められて、羞恥で体が燃えそうなほど熱くなる。

アレクシスは秘所に眼差しを注いだまま言った。

「これは愛液だ。体が快感を得ると濡れてくるんだ」

「えっ……そ、そんなに感じたわけじゃないんだけど……」

なんだか認めるのが悔しくて、うそぶく。

すると頭を下げたアレクシスが、低い声でつぶやいた。

「それなら、我を失うくらい感じさせてやる」

ぬるりと秘所に濡れたものが押し当てられる。

生温かくて、意思を持って花びらを舐め上げているそれは、アレクシスの舌だった。

あまりの淫猥な行為に、驚いたフレイヤは腰を引こうとする。

だが、脚を抱えられているのでうまくいかない。

「や、やめて、そんなの、汚いわ！」

「汚くはない。余計なことを考えないで感じていろ」

ぬるぬると淫靡になぞられた花びらが、花開く。

とろりと垂れた愛蜜を、じゅるりと舐め取られた。

掲げられたフレイヤの脚がふるりと揺れる。

こんなに淫らな格好をして、脚の狭間にいる王子に秘所を舐めさせるなんて、いけないと思うのに、背徳感が微熱のごとく絡みつく。

たっぷり花びらを味わわれると、次は花芽にくちづけられる。

初心な花芽は尖らせた舌先で舐られる。そうされると、たまらない甘い刺激を生み出す。

「あっ、ん……だ、だめ」

びくんと体を跳ねさせたフレイヤは身を捩らせる。

すると膝裏から離れた大きなてのひらが、右の膨らみを揉みしだいた。

ねっとりと愛芽を舌で蕩かされながら、胸を揉まれ、体中に快感を巡らされる。

双方に愛撫を施されると、いっそう感じすぎてしまう。

フレイヤの体は標本にされた蝶のごとくシーツに縫い止められ、びくびくと快楽に喘がされた。

「あっ、あっ……あ、ん……あぁ……」

気持ちがよくてたまらない。濡れた舌の粘膜と大きなてのひらの熱に灼かれて、じんわりとした悦楽が体中に浸透していく。

まるで覚めない夢のように、延々と口淫は続けられた。

熱に浮かされたみたいに、フレイヤの唇からは甘い喘ぎだけが紡がれる。

蜜洞から滲んだ愛液が、とろりと滴り落ちる。

それを掬い上げた指先が、蜜口をなぞった。

だけど挿し入れることはしない。

濡れた蜜口は指を咥えようとして、物欲しげにひくついている。

「あぁ……ん……」

アレクシスの両手はすでに膝裏から離されているのに、フレイヤの両脚は大きく広げたままだ。

掲げている爪先が、ぴんと伸びているのが目に映る。

それはフレイヤが愛撫で感じている証だった。

優しい愛撫がこんなにも心地よいものだったなんて、知らなかった。
まるで生温い沼のごとく、一度沈んでしまったら這い上がれない。
甘い快楽に浸かっていた、そのとき。
ジュッ……と、きつく花芽を吸い上げられる。同時に、きゅっと乳首を抓まれた。
すると体内に溜め込まれていた快感が一気に込み上げてくる。
身のうちが弾け飛びそうな感覚に、背をしならせた。
「あっ……あ……なにか、きちゃう……」
「いっていいぞ」
どこへ、と問いかける暇もなく、ふわりと体が浮き上がる。
甘い芯に脳天まで貫かれ、瞼の裏が真っ白に染まった。
「あっ、あぁっ、んぁ――……」
自分の嬌声がどこか遠くから聞こえた気がする。
フレイヤの意識は純白に染まり、快感は頂点を極めた。
がくがくと腰を震わせ、やがて弛緩した手足がシーツに投げ出される。
急激に重くなった体は、爪先まで甘く痺れていた。
はぁはぁと荒い息をついているフレイヤの肉芽から、ようやく唇を離したアレクシスは
顔を上げた。

艶めいた雄の顔を、ぼんやりとして見つめる。

黄金色の瞳には欲情がちりばめられている。自らの唇を舐める仕草には、妖艶さが滲んでいた。

私は……悪魔に魅入られたのかしら？

彼の破格の色香に、くらりと目眩がした。

「俺の愛撫で達したな。おまえはもう、俺の女だ」

独占欲を露わにしたその言葉に、曖昧に頷く。

オーガズムに達したのだということを、今さら気づかされた。

だけど蜜壺は未だに切なく疼いている。

この疼きは雄芯を挿入しないと収まらないのだと、体が教えていた。

愛芽を吸われただけでもこんなに感じてしまったのに、いざ彼の極太の男根を体内に挿れられたら、どうなってしまうのだろう。

恐れはあるけれど、期待も胸のうちに湧いている。

すると身を起こしたアレクシスが、フレイヤの腰を抱え直す。

彼の怒張はきつく反り返り、興奮していることを表していた。

「挿れるぞ」

獰猛な切っ先が、濡れた蜜口に押し当てられる。

痛みを予期したフレイヤは、体に力を込めた。

だけどそれを宥めるように、大きな手で下腹を撫でさすられる。

「ゆっくりするから、体から力を抜くんだ」

「ん……」

傲慢なだけでなく、優しさを見せる彼に、心の奥が安堵する。

頷いたフレイヤは深呼吸して、肩の力を抜いた。

ぐちっと先端が蜜口を割り開き、奥へと挿し入れられる。

「んぅ……」

いっぱいに押し広げられる圧迫感が苦しい。

ぷつん、と糸のようなものが切れる感触がして、圧倒的な質量の雄芯が押し入ってきた。

優しく蜜道を擦り上げ、舐め溶かされる。

初めて雄を迎え入れた花筒は軋んでいたが、しっとりと濡れているためか、わずかに引きつれるくらいの痛みだった。

「痛いか？」

そう訊ねるアレクシスの額に汗が滲んでいる。

きっと挿入するほうも苦しいのだろう。

この痛みは自分だけのものではなく、彼と共有しているのだと気づき、いたわりにも似た安堵が胸に広がる。

　フレイヤは首を横に振った。

「ううん……大丈夫」

　下腹を撫でている手の熱さが心地よくて、痛みを和らげた。

　体内に彼の楔が入っているのだと思うと、不思議な感じがする。

　ずくずくと極太の幹が押し進められるたびに、空虚だった蜜洞が満たされていく。

　やがて、とんと奥を突かれる。

　彼の楔がすべて埋め込まれた合図だ。

　あんなに大きなものが体の中に入るなんて信じられないけれど、蜜道をいっぱいに満たした雄芯が愛しい。

　深い息を吐いたアレクシスは、下腹を優しく撫でる。

「おまえの中は温かいな。いい心地だ」

「そうなのね……」

　苦しさと愛しさが混じり合って、フレイヤは複雑な心持ちだった。

　アレクシスの雄芯に体内を貫かれ、純潔を失った。

　自分は彼のものになったのだ。

　それが嬉しいのかよくわからないけれど、嫌ではなかった。

だって彼の声や手は、こんなにも優しいから。

苦しげにつぶやいたフレイヤの顔をじっくりと眺めたアレクシスは体を倒す。

ぎゅっと強靱な腕に抱き込まれ、頬を寄せられた。

「馴染むまで、こうして抱いている」

「うん……」

男の熱い体温が肌に染み込んでいく。

まるで溶け合うかのような錯覚が起きて、フレイヤは甘い吐息をつく。

こうして抱き合っているのは安心できた。

熱い腕に包まれて、うっとりしていると、アレクシスが顔を覗き込んでくる。

「眠そうだな。まだ寝るには早いぞ」

「この状態で寝られる度胸はないわ」

「そうか？　終わったら俺の腕の中で寝かせてやるから、もう少し待て」

彼の言葉に、どきんと胸がときめいてしまう。

余裕を見せているものの、フレイヤの心中は初めての行為に戸惑っていた。

これからどうなるのか、困惑と恥ずかしさと一抹の喜びが撹拌されて、胸が掻き乱されている。

そんな惑いを打ち消すかのように、アレクシスが頬にくちづけを落とす。

雄々しい唇には優しさが込められていて、フレイヤの困惑が薄れていく。

彼はゆっくりと逞しい腰を蠢《うごめ》かせる。

ぐっと、根元まで押し込まれている凶暴な雄芯を意識してしまい、びくんと腰が跳ね上がる。

腕を立てたアレクシスは、フレイヤの手を取る。

「肩に摑まっていろ。爪を立ててもかまわない」

「わ、わかったわ……」

強靱な肩に両手をかける。指先には、硬い筋肉の感触があった。

爪を立てるなんてそんなことはしないけれど、摑まるところがあるのは助かる。そうでないと、どこかへ飛んでいってしまいそうな感覚がした。

黄金色の双眸に見つめられながら、抽挿が始まる。

獰猛な楔がゆっくりと出し挿れされ、花筒を擦り上げていく。

腰を引いてもすべては抜かず、雁首を蜜口に引っかけて、ヌプヌプと舐る。

そうして入り口をたっぷりほぐしてから、ずぶりと幹を突き入れる。

その動きは決して乱暴ではなかった。

アレクシスはフレイヤから目を離さず、じっくりと炙るように濡れた媚肉を雄芯で舐っていく。

ねっとりした抽挿を幾度も味わわされ、肌はしっとりと官能を帯びた。

「ん……ん……んぁ……」

彼の腕の中に囚われて、黄金色の瞳に搦め捕られながら与えられる快楽は、とてつもなく甘美だった。

唇からは甘い喘ぎばかり紡がれる。

逞しい腰を前後させながら、アレクシスは妖艶な笑みを浮かべた。

「可愛いな。おまえがこんなに可愛いとは思わなかった」

「んっ、どうせ、可愛げがない、でしょう?」

快感に全身を浸しつつ、どうにか答える。

フッと笑いを零したアレクシスは、額にキスを落とした。

「もとから可愛いが、予想以上に可愛かったと言ってるんだ」

「な、なによそれ……」

フレイヤを可愛いと思うなんて、ありえない。誰からもそんなことは言われたことがない。

きっと睦言ということなのだろうと、フレイヤは解釈した。

けれどそんな考えも、激しい律動に呑まれていく。

ズチュズチュと雄芯を出し挿れされ、感じる内壁を擦り上げられて、疼きが溜まっていく。

体の痺れが高まり、腰の奥にある熱の塊が膨れ上がっていた。

ぐい、と硬い先端で奥を穿たれる。

「あっ！　あんん……」

塊が弾け飛びそうな苛烈な感触がして、背を仰け反らせる。

四肢に力が入り、強靭な肩をぎゅっと摑んだ。

「ここがいいのか？」

するとアレクシスは腰を蠢かせて、感じるところばかりを突いてくる。

ずんずんと最奥を穿たれ、目眩がしそうなほどの快楽にさらわれる。

「あっ……あ、はぁっ、そこ……やぁ……」

「いかせるぞ」

ぐっと力強く突き上げられて、溜め込んだ熱の塊が破裂する。

脳天まで官能が貫くと、ぶわりと全身を甘い水が満たしていった。

「あっ、あぅ、んっ、あぁ――……っ、……ぁん……」

自らの嬌声とともに、ギシギシと軋むベッドの音が鼓膜を震わせる。

ぴんと爪先まで脚を伸ばし、甘美な痺れに浸る。

アレクシスは腰の動きを止めない。彼が放出しない限り、この淫靡な行為は終わらないのだ。

フレイヤは高みから下りてこられず、極みの喜悦を味わい続けた。

達した衝撃で、きゅうっと蜜洞が引きしまる。

そうすると濡れた媚肉は雄芯を、ぬっぷりと包み込んだ。

黄金色の目を眇めたアレクシスの顔に、切迫したものが宿る。

「中に出すぞ」

「あっ……それは……」

「おまえは、俺のものだ」

強い眼差しに射貫かれ、ずっぷりと雄芯を呑み込まされる。

強靱な肉体に囚われたフレイヤに逃げ場はなかった。

激しい律動を刻まれ、嵐のような快楽に翻弄される。

「あっ、あん、あ、そんなに、したら、また……っ、んぁ……」

「っく……」

子宮口に接吻した先端から、勢いよく白濁が迸《ほとばし》る。同時に、もう一段高い極みへ連れていかれた。

濃厚な精がしっとりと胎内を濡らしていく。

きつく抱き合い、達したふたりは荒い息をつく。

体の隅々まで愛欲に濡れていた。

少し顔を上げたアレクシスは、蕩けた瞳でこちらをうかがう。

ぼんやりして見返すと、しっとりと唇が重ね合わされた。

「ん……」

体を重ねたあとにするキスは、満たされた体から甘い水が零れていかないように蓋をするみたいで、ほっとする。

チュッと下唇を吸ってから、キスがほどかれる。

アレクシスは真摯な双眸を向けてきた。

「子ができたら責任を取るから、安心しろ。できなくても責任は取る」

「え……？」

言われた意味を理解できず、フレイヤは目を瞬かせる。

どういうことだろう。

彼はなにやら責任を取りたがっているようだが、ふたりはそういった関係ではない気がする。

「それって……」

フレイヤが訊ねようとすると、チュウッ……と唇に吸いつかれる。

ふたりの下肢はつながったままだ。アレクシスが逞しい腰を動かすと、まったく力を失っていない楔がずぶ濡れの蜜洞を掻き回す。

「あっ、そんなことされたら、また……」

愛欲に染め上げられた肌は容易く官能を拾い上げる。

強靱な腰を蠢かせたアレクシスは、傲慢に言った。

「なにも考えなくていい。今は俺に溺れていろ」

ずくずくと激しい抽挿で、瞬く間に頂点へのきざはしを駆け上がる。

強靱な肩に縋りついたまま、フレイヤは甘い嬌声を上げ続けた。

◆

ロキの婚約者である侯爵令嬢フレイヤが現れたとき、アレクシスの人生は色を持った。

「素敵な戦いでした。感動しましたわ」

淑やかな笑みでそう言われたとき、アレクシスは無表情を保った。

強烈に胸を打たれたので、なにも反応できなかったのだ。

涼やかな彼女の声、麗しい顔立ち、理知的な眼差し、凛とした立ち姿。そのすべてが好みを具現化したものであった。

「……そうか」

それだけをつぶやいた。彼女の立場が兄の婚約者でなかったとしても、そうとしか言えなかったと思う。

第二王子アレクシスは、オーディン王と側室であるイズーナ妃の子として生を受けた。母はアレクシスを産み落として亡くなったが、地位の低い男爵令嬢だったため、後ろ盾はないに等しい。

王妃の息子であるロキが数か月前に生まれているので、王位の補欠として順当な位置だった。

だが補欠であっても、王子には違いない。アレクシスは幼い頃から王宮で、王族としての教育を充分に受けてきた。

熟練の騎士を相手に剣の稽古をして、帝王学を教師から学ぶ。真面目なアレクシスは熱意をもって取り組んだ。

ロキとはほぼ同い年なので一緒に講義を受けるのだが、第一王子にもかかわらず、ロキは大抵サボっていた。

そのときすでにふたりは十歳だったので、まだ小さいからという理由で見逃される年齢は過ぎている。

脱走したロキを怒った教師が連れ戻すと「アレクシスが邪魔をするから勉強できない！」などと言い訳をする。

勉強の邪魔をするのは、ロキのほうである。すぐ講義に飽きてしまうので、ロキは机の下でアレクシスの脚を蹴っているのだ。

それをアレクシスは無視して耐えている。

ロキがわがままなのはいつものことなので、教師は手を焼いていた。

彼の態度は剣の稽古でも同じだった。

早々に「手が痛い」と言って剣を放り投げたロキは、あれこれと言い訳して逃げ出してしまう。騎士が追いかけようとすると、騎士団長はそれを止めた。

「逃げる者に教えても、無駄だ。臆病者が身につけるのは自らの保身の仕方のみなのだから」

騎士団長の言うことは真理だと思った。

俺は、逃げない——。

アレクシスは強い眼差しで騎士団長を見返す。

誰よりも、強くなりたい。自分の守るべきものがなにかはまだわからないが、いずれそれは目の前に現れるはず。

そのときのために、自分の腕を磨きたかった。

騎士団長から特訓を受けたアレクシスは、みるみるうちに腕を上げた。

十四歳のときに初陣を果たし、十八歳になる頃には、アレクシスを打ち倒せる騎士はいなくなった。

辺境の蛮族を制圧するための遠征で功績を上げるアレクシスを、オーディン王は褒め称えた。

アレクシスにとって海賊や盗賊など敵ではなかった。王国に攻め込もうとする隣国の兵士であっても、容赦なくなぎ倒す。

その類を見ない強さから、やがて『死神王子』と称されるが、アレクシスは気にしない。畏怖されるのも強さの証と思えた。

一方、アレクシスの活躍を面白く思わないのはロキだった。

幼稚な嫌がらせを仕掛けてきたが、アレクシスは意に介さなかった。もうふたりは二十歳なので、すでに別の人生を歩んでいるといっていい。

「俺の功績がほしいなら、ロキも遠征に参加すればいい」

そう言うと、目を逸らしたロキは慌てて逃げ出す。

アレクシスが功績を上げるのは妬ましいが、自分が戦う勇気はないのである。

ロキが遠征へ赴いたことは一度もない。王から命令されても文句を言い、挙げ句に「腹が痛い」と言って部屋に籠もった。

騎士団としてもロキが同行するのは迷惑なので、いないほうがよい。まったく剣の稽古をしない臆病者が戦場に出ても、死ぬだけである。

王太子なので死なせるわけにはいかないから、彼を守る騎士が死ぬことになる。オーディン王としてもそれはわかっているので、強くは言わなかった。

だが、王太子として格好をつけなければならないと、王は考えたのだろう。

王太子妃になる令嬢の選抜試験が行われ、フレイヤ・バリエンダール侯爵令嬢がロキの婚約者に選ばれたと、侍従から報告を受けた。

だが、そのときのアレクシスは興味がなかった。

いずれは自分も結婚相手となる令嬢を宛てがわれるのかもしれないが、それはロキが結婚して王位に就き、子をなしたあとだろうと思える。

第二王子が先に結婚して跡継ぎが生まれるとなると、混乱のもとになる。それにアレクシスは令嬢たちに興味もないので、生涯独身でもよかった。

その考えは、とある晴れた日に打ち砕かれることになる。

訓練の一環として、騎士たちの試合が行われたときのことだった。

大仰な大会ではないので、練習試合といったところだが、いかなるときでも手を抜かないアレクシスは優勝した。

見物人は関係者のみだったが、その中にドレスをまとった淑女がいるのに気づく。

彼女はスカーレットの髪をなびかせ、菫色の美しい瞳をしていた。

「素敵な戦いでした。感動しましたわ」

無表情を装ったが、アレクシスは内心で驚いていた。

女神か……？

一目惚れだった。

アレクシスにとって彼女は絶世の美女を凌駕する存在であった。

このように美しく、理知的で、凛とした女性がいたのかと率直に驚いた。顔には出さないが。

侍従から、フレイヤ嬢が見学に訪れることを事前に聞いてはいたが、まさか彼女がロキの婚約者だというのか。

彼女が去ってから念のために確認すると、やはり女性はフレイヤ・バリエンダール侯爵令嬢とのことだった。

そうと知ったときの衝撃は忘れられない。

自分が惚れた女性が、兄の婚約者だとは、なんという皮肉な巡り合わせだろうか。

しかし、もしふたりが相思相愛の仲だったなら、諦めもついたかもしれない。

実際には、ふたりは婚約者とは言えないほど顔を合わせていなかった。

ロキはメイドに手をつけていて、フレイヤを顧みなかった。フレイヤはといえば、勉強やレッスンの合間に王の補佐をしている。各種書類の管理を行っているらしく、あるときアレクシスは騎士団にまつわる書類を持って彼女の執務室を訪ねた。

侍従に預ければ済むわけだが、フレイヤと話してみたかったからだ。

それに、王太子の婚約者が王の補佐を行うのは異例と言える。オーディン王が認めているわけなので問題はないが、どんな女性なのか気になった。

よほど男勝りで、理論で攻めるようなタイプだろうか……。それはそれで滾るが……。

あくまでも無表情を貼りつけたアレクシスは、王宮内の一室に辿り着く。

そこはフレイヤの私室というわけではなく、彼女が業務を行うための部屋である。廊下にはずらりと文官の執務室が並んでいるので、用があれば誰でも訪問できる。

ノックをしようと手を上げたとき、彼女に自分はどんな目で見られるのか、ふと気になった。

アレクシスは誰からも『死神王子』と陰で言われて恐れられる存在だ。女性はもちろん、男性すらも気軽に声をかけてくる者はいない。

もしかしたら、フレイヤも忌まわしい目で見てくるかもしれない。試合のときに称賛してくれたのは、建前だったとも考えられた。

だが前へ進まないと、どうにもならない。

躊躇したのは一瞬で、アレクシスは扉をノックした。

しかし、返事がない。

確かにこの部屋のはずだが、留守だろうか。

瞬きをしたアレクシスは「失礼する」と告げて、扉を開けた。

そのとき、黄金色の瞳に類い希な光景が映る。

窓から吹き込んだ風が、スカーレットの髪を緩く撫でている。

フレイヤは椅子にもたれて目を閉じていた。長い睫毛と瑞々しい唇が、射し込む光に輝いている。

まるで歴史に残る絵画のような神々しさに、アレクシスは動きを止めた。

この奇跡的な情景を目にして、息を呑むことしかできなかった。

彼女は手にペンを持ったままなので、仕事をしながら眠ってしまったようだ。デスクには書類が山積みになっている。

その中の一枚が、風に煽られて床に落ちた。

アレクシスが拾い上げると、それは地方の税収についての陳情書だった。つまり領主の愚痴みたいなもので、こういった陳情は無限に寄せられる。通常は文官がサインをして処理するのだが、フレイヤが任されているのだろう。書類には丁寧に、国家としての税の使い道や領主へのねぎらいなどが綴《つづ》られていた。

「真面目な人だ……」

ぽつりとつぶやいた言葉は、同情だった。

花嫁修業と称するには、あまりにも酷ではないか。このデスクの書類すべてを彼女が処理しているとしたら、寝る時間すらないだろう。

本来ならば、これはロキがこなすべき仕事だ。いずれ王になる者として、王の補佐をしながら国家を支配するのはいかなることかを学ぶのは当然である。

だがロキが遊び呆けているので、代わりに婚約者のフレイヤが担っているのだろう。

そのとき、フレイヤが身じろぎをした。

彼女の睫毛が瞬き、菫色の瞳がアレクシスを映す。

「……あら？　私、いつの間に居眠りしていたのかしら」

ペンをかまえたフレイヤは、書類を捜す仕草をする。

微苦笑を浮かべたアレクシスは、拾った書類を差し出した。

「少しだけだ。かなり睡眠不足のようだな」

「嫌だわ。ずっと見ていたの？」

「まあな。口を開けて涎《よだれ》を垂らしていた」

「嘘でしょう⁉」

驚いたフレイヤは菫色の目をいっぱいに見開き、口元を手で覆う。

そんな仕草も可愛らしいと思えた。

「嘘だ。からかってみただけだ」

「もう。アレクシス殿下はひどいのね」

軽やかに笑うフレイヤを前に、愛しいものを見るように双眸を細める。

フレイヤとまともに話すのはこれが初めてなのだが、打ち解けた雰囲気で話せた。彼女はアレクシスが死神王子と呼ばれて忌避されていることを知っているはずなのに、まったくそんな態度は見せなかった。

アレクシスの心に、温かいものが芽生えた。こんな気持ちになったのは初めてだった。

「殿下はつけなくていい。アレクシスと名で呼んでくれ」

「わかったわ。私も〝婚約者殿〟と呼ばれるのは苦手だから、フレイヤと名前で呼んでね」

「――わかった。フレイヤ」

彼女の名を口の中で転がすのは、特上の飴を舐めたかのように甘美だった。

だが『婚約者殿』という敬称を嫌がるのは、彼女なりに思うところがあるのかもしれない。

「ところで、私になにか御用かしら？」

「ああ……騎士団の遠征ルートについての報告書だ。目を通してもらいたい」

「受け取っておくわ。王の代理として私がサインするけれど、もちろん王にも報告書の内容は伝えておくから」

「頼む」

デスク越しに書類を渡すと、フレイヤはわざわざ立ち上がって受け取った。

そのとき、華奢な体がぐらりと傾ぐ。

咄嗟にデスクを回り込んだアレクシスは、フレイヤの体を支えた。

「大丈夫か」

「あ……ごめんなさい。少し、目眩がしただけ。もう平気よ」

微笑を浮かべたフレイヤは、やんわりとアレクシスの胸に手をつく。

自分で立っていられるようなので、アレクシスは彼女の肩を支えていた腕を離した。

体温が離れていったので物寂しい気持ちになるが、それは見ないふりをする。

一歩引いて、適切な距離を保った。

淑女に密着するなど不躾だったが、この場合は仕方ない。

だけどもし、フレイヤ以外の女性が同じように目眩を覚えたなら、抱きかかえたりはしないだろうと思えた。

フレイヤは受け取った書類を持ったまま、椅子に座って笑みを見せた。

「書類をお預かりするわね」

「ああ……それでは、失礼する」

左胸に手を当て、騎士の礼をする。

上衣の裾を翻したアレクシスは執務室を退出した。

近くにあるメイドの控え室に寄り、フレイヤに温かい飲み物を持っていくよう指示する。

それから騎士団に戻ろうと踵《きびす》を返すと、廊下の隅で男女の話し声が聞こえた。

「なあ、いいだろう？」

「いけません。誰かに知られたら……」

「僕を誰だと思ってるんだ。言うことを聞かないとクビだぞ」

「でも……」

ロキの声だ。どうやらメイドをたぶらかそうとしているらしい。

アレクシスは靴音を響かせて近づいた。

「なにをしている」

はっとしたメイドは慌ててロキに摑まれていた腕を振りほどき、廊下の向こうへ駆けていく。

舌打ちを零したロキは、こちらを睨みつけた。

「邪魔をするなよ。もう少しで落とせそうだったのに」

「遊んでいる暇があるなら、フレイヤを手伝ったらどうだ。今、書類を持っていったところだが、忙しそうだったぞ」

ロキが困っている人を助けるような性分でないことはわかっているが、フレイヤが気の毒なので進言する。

むっとした顔をしたロキは、いつものように独自の論で言い返した。

「手伝うのはフレイヤのほうだ。なぜ僕がフレイヤの手伝いをしなければならない」

「どちらでもいいが、仕事をしろ。王太子としてやるべきことがあるだろう」

ロキは剣の鍛錬をしないし、政治への興味もない。かといって打ち込んでいるものがあるわけでもなく、こうしてメイドをもてあそんでいるので、周囲の評判はすこぶる悪かった。

賢明なフレイヤを王太子妃にして、王位を継げば変わるだろうと、オーディン王は期待しているようだが、望みは薄いと思えた。

「おまえたちが説教するから、僕のやる気が起きないんだ！」

吐き捨てたロキは身を翻して逃げ出した。

周囲から似たようなことを言われすぎているのか、うんざりしているようだ。

これでは溜息もつきたくなる。

大臣たちの間からは「王位継承者としてふさわしくない」という声があるのも承知していた。今は聡明なオーディン王がいるので王国は安泰だが、短絡的で政治に興味のないロキが王になったら、破滅に導かれる危険性がある。

王の命令は絶対である。

だからこそ事態を見透かしたオーディン王が、フレイヤを婚約者に選んだのだろうが、ロキは彼女に感謝するどころか、邪魔に思っているようだ。ロキの思考回路から察するに、自分の仕事を奪われたとでも考えているのかもしれない。

婚約者とは名ばかりで、都合のよい代筆係にされているフレイヤが不憫に思えた。

いずれ王妃になっても、彼女は〝王の仕事を手伝う〟という役目を一生こなすことになるだろう。そしてなんらかの問題が起きたら、ロキはフレイヤに罪を被せる可能性もある。

婚約している今からこのような状態では、ふたりが仲睦まじい夫婦になれるとは思えなかった。

まるで奴隷のような生涯だ。ロキと結婚して、フレイヤが幸せになることはない。

――フレイヤを、救いたい。

その想いはアレクシスの胸を強く打った。

団服の裾を翻したアレクシスは、まっすぐに前を見据える。

コツコツと床に響くブーツの靴音とともに、独白が吸い込まれていく。

「王位継承者か……」

アレクシスにも無論、王位継承者の資格がある。

これまでは王座に興味などなかった。守るべきものもなかった。自分は側室から生まれた第二王子なのだから、騎士として国を守り、そして死ぬだけだと達観していた。

だが今は違う。

フレイヤを救うためならば、この身を賭《と》しても惜しくはない。

たとえば、アレクシスが王位に就けたなら、ふたりの婚約を破棄できるだろう。

端麗な美貌に、悪辣な笑みが浮かぶ。

それは死神らしい凶悪さを滲ませていた。

◆

盛大な溜息をついたロキは、どさりとソファに身を投げ出す。

王太子の部屋は豪奢な調度品に溢れていた。父からは質素倹約を求められるのだが、それに反発したロキは母親の実家から高価な家具を貢がせている。

「まったく……どうして僕の思いどおりにならないんだ」

フレイヤとの婚約破棄を宣言したあと、オーディン王に彼女の処刑を申し入れたが、承認されなかった。

それどころか激しく非難されてしまった。

聡明なフレイヤは王太子であるおまえのために力を尽くしたのに、処刑などもってのほかだ、なぜ婚約破棄したのか、聖女を聖堂に帰せ……。

病人のくせにあまりにもうるさいので、ロキは王の部屋を逃げ出した。

ひとまずフレイヤは塔に幽閉しているので問題ないだろう。父がいなくなりさえすれば、自分が王に即位できる。そうなったら、なんでも思いどおりになるのだ。

あの目障りなアレクシスも、どこかへ幽閉してやる。

ギリッと歯嚙みしたロキは、忌々しい第二王子の顔を思い出す。

少々剣の腕が秀でていたアレクシスは、幼い頃から周囲にもてはやされてきた。王位を継ぐのは正妃の息子であるロキなのに、誰も自分を顧みないという劣等感を抱いてきた。

だからロキは剣の稽古や勉強に向き合うことができなかった。

それもアレクシスがいるせいである。次の王には第二王子のほうがふさわしいのでは、という大臣の声があるのをロキは知っている。

妾腹のくせに、弟のくせに、そんなことは許さない。

次の王になるのは自分しかいない。

金髪に碧眼で、オーディン王と瓜二つの端麗な容貌なのに、なぜ周りはロキを崇めないのか。なぜ黒ずくめで死神のようなアレクシスにばかり人望が集まるのか。

アレクシスに対してのコンプレックスが肥大しているというのに、それに拍車をかけたのがフレイヤだった。

彼女は王に気に入られてロキの婚約者になったが、ロキは承知していない。本当は別の令嬢がよかったのだが、ロキの意見は取り入れられなかった。

そもそもオーディン王がロキの意見を汲んでくれたことなどない。いつでも父は小言ばかりで、ロキを尊重してくれないのだ。それも不満だった。

フレイヤはオーディン王に追随する形で、勉強や仕事ばかりしていた。彼女がロキを楽しませることは決してない。

いずれは王となるロキを敬ってほしいのだが、そんな姿勢は見られなかった。ちなみにロキにとって敬うとは、ロキの味方をしてくれることにほかならない。

周囲から実力を認められていないロキを気の毒に思い、膝に抱いて慰めの言葉をかけてくれることこそが、婚約者としての役目だ。

だが、フレイヤはもとから好きな女ではないので、そうしてくれと要望を出すこともしなかった。というより、言わないとわからない時点で王太子妃として失格なのである。

フレイヤを毛嫌いしていたロキは、好みのメイドと遊んでいた。

好きな女と結婚できない自分はなんて不幸なのだと嘆いていた。

そんなときに現れたのが、ミサリだ。

大司教の娘であるミサリは、聖女として認定されたことを報告するため、王宮を訪れていた。

ヴァルキリア王国の聖女は特別な祈りの力を有しており、神秘の力を駆使して人々を危機から救うと言い伝えられている。近頃は王国で水害が多発しているため、それを鎮めるために聖女ミサリを神が遣わしたのだ……と大司教が話していた。

聖女というからには気位が高いのかと思ったが、ミサリはそんなことはなかった。小動物のように可愛らしく、親しみやすくて、すぐに打ち解けられた。

気が合うのでなんでも話せて、ロキの言い分をミサリは認めてくれる。ロキはすぐにミサリが好きになってしまった。

すると、ミサリとの仲を嫉妬したフレイヤが、彼女を害しようとしたのである。

そんなことをするフレイヤには王太子妃になる資格がない。ミサリと婚約するためにも、すぐに婚約破棄を言い渡した。

そこまではよしとして、父のあの怒りから察するに、ミサリと婚約する道は遠そうである。

「僕は好きな女と結婚したいだけなのに……どうして父上はわからないんだ」

それともフレイヤを王妃にしてから、ミサリを側室にすれば落着したのだろうか。

父がそうしたのだから、自分も同じようにすればよかった。

だが少なくとも、正妃である母はイズーナ妃を害しようとはしなかったはずだ。やはり、フレイヤが悪いのである。

そう考えたとき、ガチャリと部屋の扉が開く。

「ロキ様ぁ。どうでした？　フレイヤ様の処刑の許可は下りましたかぁ？」

甘ったるい声を出すミサリは聖女の証である白のローブをまとい、小首を傾げた。

恋人ではあるものの、王太子の部屋をノックもなしに入ってくるのはどうなのか。何度か注意しているのだが、ミサリは気にしていないようだ。

「まだだ。フレイヤは父上のお気に入りだったからな。処刑の許可を取るには少し時間がかかるかもしれない」

「えぇ～⁉　少しって、どのくらいですか？」

ソファにどすんと座ったミサリは、甘えるようにしてロキの腕に胸を押しつける。

彼女のこういった無邪気なところが好きなはずなのだが、要求がてらにされると鬱陶しく感じた。

「少しといったら、少しだ。僕が王になれば許可なんていらなくなる。そうすればミサリともすぐに結婚できるんだぞ」

「でもそれって、けっこう先の話ですよね。全然少しじゃないですよ」

やたらと言葉尻を捉える彼女に、うんざりしてくる。

きっとミサリは、またフレイヤに害されそうになったらどうしようと思って怯えているのだろう。

ロキは安心させるように笑いかけた。

「フレイヤは幽閉しているんだ。もうミサリが危ない目に遭うことはないから、心配いらないだろ」

「そういうことじゃなくて〜……」

どうにも納得がいかないらしいミサリは唇を尖らせる。

これまで彼女はロキに対して、ほかの者たちのように「王太子らしく励め」などとはひとことも言わなかった。だから居心地がよかったのだ。それなのに『処刑のための承認を王から取れ』というミッションを課されて、些か面倒になる。「わたしが王太子妃になったら、ロキ様とずっと一緒にいられるのに」と上目遣いで言われたときは可愛いと思えた。好きな女の願いを叶えたいと思ったロキは昂揚した。

だが今はもう、ミサリに要求されると億劫に感じている。

溜息をついたそのとき、扉がノックされた。

「入れ」

ロキが命じると、老齢の大臣が入室する。父の腹心の部下で、フレイヤに仕事を教えていた男だ。

礼もせずに大臣はいきなり命じた。

「ロキ様、どうか書類の決裁をしてください。オーディン王は伏せっておられますので、各方面の仕事が溜まっております」

「は？　なんで僕がそんなことをしなければならないんだ」

「……なぜと問われるのならご説明いたしますが、ロキ様は王太子でいらっしゃいます。

オーディン王のお世継ぎですから、王族としての責務を果たさなければなりません」

何万回も言われ続けた台詞に、うんざりする。

王族としての責務を果たせなどというのは、ロキがもっとも嫌いな言葉だった。

きつく眉根を寄せたロキは、虫を払うように手を振った。

「そんなのは、おまえたちでやればいいだろう」

「ロキ様、王政とは臣下だけでは回らないのです。ヴァルキリア王国におきましては、王族の承認が必要な事項が数多にありまして――」

「うるさいな。今まで僕になにも言わなかったくせに、なんでそんな面倒事を持ってくるんだ！」

「ロキ様が婚約破棄したからです。フレイヤ様がいなくなりましたので、代わりの人材が必要です」

しれっと告げる大臣に、ロキは沈黙した。

これまでは病気で伏せっているオーディン王の代わりに、フレイヤが王族としての仕事を代行していた。そのフレイヤはもういないので、彼女がこなしていた分の仕事がそのまま放置されているわけである。

つまり、王太子としてロキがやるべき責務を、婚約者のフレイヤが担っていたのだ。

そのことに気づかなかったわけではないが、目の前に突きつけられたロキは脚を揺らす。

居心地が悪くなったときのロキの癖だった。

幽閉先に書類を持っていけと言いたいところだが、さすがにそういうわけにもいかない。婚約者の肩書きを剝奪して処刑するが、仕事はしてくれと頼むのが無茶なのはロキにもわかる。

せっかく重宝する人材がいたのに、なぜ切り捨てたのかと言わんばかりに、大臣は恨みがましい目でこちらを見ている。

「僕のせいじゃない。ミサリが害されそうになったから婚約破棄したんだ。悪いのはフレイヤだ」

「そうでしょうか。フレイヤ様はお仕事や勉強で多忙でしたので、ミサリ様にかまう暇はなかったかと。むしろミサリ様のほうからわざわざフレイヤ様に近づいていました。邪魔をされるのでフレイヤ様が迷惑そうにしていたのを、わたくしは見ています」

大臣は今度はミサリに矛先を向ける。つんとしたミサリは目を逸らしていた。

ミサリからフレイヤに近づいたなんて、完全に誤解だ。ミサリはなにもしていない。ミサリが涙ながらに語ったことを、ロキはすべて信じていた。

自分のすべてを否定された気になったロキは憤慨する。

「貴様はどちらの味方なんだ！　僕は王太子だぞ。ミサリは王太子妃になるんだ」

「では、王太子としてまずは書類の決裁をお願いいたします」

「……」

なんだか丸め込まれたような格好になり、ロキは瞬時に怒りを収める。

権利は主張したいが、義務を行うのは御免だ。

書類だけは見たくない。難しいことばかり書き連ねてあるので意味がよくわからないし、見ているとすぐに嫌になってしまう。

ロキは隣のミサリに目を向けた。

「ミサリ、頼んだぞ。王太子妃として、書類を片付けてくれ」

「ええ～、嫌ですよ。わたしはまだ王太子妃じゃないんだから、そんなことできません」

言われてみればミサリはまだ王太子妃ではないし、ロキの婚約者でもない。

少なくともオーディン王がミサリを王族代行と認めなければ、書類の決裁は任せられないだろう。

だが今のところ、父はミサリをロキの婚約者として認めないと思われる。まずはフレイヤを処刑するのが先だが、それすらも渋っているのだから。

行き詰まったロキは、ひとまず大臣を追い返した。

「その件はあとにしろ」

わざとらしい溜息をついた大臣は退出したが、入れ違いに女官がやってきた。

頭から長いローブをまとっている女官は、神殿の専属である。すなわち聖女の侍女のようなものだ。

女官は必死な様子でミサリに言った。

「聖女様。どうか神殿で祈りを捧げてください」

「えぇ～、さっきやったばかりじゃないですか」

「水害で困っている民がたくさんいるのです。聖女様が祈れば災害を鎮められるのだと、みなが期待しております」

ヴァルキリア王国では未曾有の水害が発生しているという。

確かに雨は多いのだが、王宮に住んでいるロキにはまったくわからなかった。

聖女のミサリには特別な力があるので、彼女が祈れば雨をやませることができるらしい。

信心深いわけでもないロキには、聖女の力が具体的にどういったふうに発揮されて、その効力がどのような結果をもたらすかなどは知らない。ミサリから神秘的なものを感じたことはないが、聖女なのだから彼女は絶対的な存在なのだと信じていた。

だが今日のミサリはすでに力を出し尽くしたのか、唇を尖らせている。

「ウゼー」

「なんだって？」

聞いたことのない言語が耳に届いて、ロキは目を瞬かせる。今のは祈りの言葉だろうか。

途端に笑みを形作ったミサリは、可愛らしく小首を傾げる。

「なんでもありません。今日は疲れたから、祈りはおしまいです」

「そうだな。聖女が倒れでもしたら、王国にとって大きな痛手になる。今日はもう休もう」

手を振って女官の退出を命じる。

女官は眉根を寄せていたが、黙ったまま出ていった。

次から次へと要求があり、疲れてしまった。ロキは人からなにかを求められるのが苦手である。幼い頃から教師や父に、あれをしろこれをしろと言われてきて、もはや気疲れは限界に達していた。

「ああ、疲れた。ミサリ、癒やしてくれ」

ミサリに膝枕をしてもらおうと、体を倒す。

なにも考えず、どさりと身を預けられるのは最高だ。

すると、彼女はぽつりとつぶやいた。

「はぁ、メンド、メンド」

「ん？　メンド、とはどういう意味だ？」

膝に頭を預けながらミサリを見上げる。

たまにミサリが意味不明な言葉を発するのは、なんなのか。

だが彼女は、にっこりと笑っていた。ロキは初めてミサリの笑顔に、わざとらしさを感じる。

しかし髪を優しく梳《と》かれているうちに、自分の気のせいだと思い直した。

「ねえ、ロキ様。最近のわたしは、祈りの力が弱くなってる気がするんです」

「そうなのか？」

「それも、フレイヤ様にいじめられたせいだと思うんですよ。フレイヤ様が死んでくれないと心の傷が癒えないかも……どうしましょう」

「ふむ。……とすると、なんとしてもフレイヤを処刑しなければならないな」

「ですよね。それがみんなのためですからね」

猫を撫でるように優しく頭を撫でられながら、ロキは考えた。

フレイヤを処刑しなければ、なにも始まらないのだ。ミサリのためにも、王国のためにも、そしてミサリと結婚するためにも。

そういえば、以前フレイヤがミサリの提示した証拠を精査してほしいと言っていたのを思い出す。面倒なので聞く耳を持たなかったが、証拠が明確になるなら、処刑も認められないだろうか。

「それなら、ミサリを害しようとしたときの証拠を精査してはどうだろう。手紙や毒入りの紅茶のカップがあるんだろ？　王族や貴族を諮問する機関があるから、そこの承認を得られれば父上も処刑を認め……」

「あっ、そういうのはいいです！　証拠を詰めるのはさすがにやりすぎだと思うんですよね。もっと別の方向から攻めたほうがいいですよ」

ぎゅっと金髪を握られて、痛みにロキは眉をひそめる。

早口で捲し立てるミサリは、なにやら思うところがあるようだが、一体なんなのだ。

だがきっと、彼女なりの優しさなのだろう。フレイヤを追いつめるのはよくないと彼女は考えているのだ。

「そうか。別の方向とは、どこなんだ?」

「やっぱりわたしがアイデアを出さないとダメですねぇ……。まあ、うまいことを考えておきますよ。うふふ……」

ミサリは楽しげにつぶやいた。ロキはなにもしたくないので、彼女に任せることにする。

穏便にフレイヤを処刑すれば、すべては解決する。

それがみんなのためなのだ。

ミサリは聖女なのだから正しい。

そう思ったロキは安心してミサリの膝に頭を擦りつけた。

第二章　幽閉された悪女の婚約

アレクシスは塔に幽閉したフレイヤを抱くと、毎日のように訪れて肌を重ねるようになった。

あれからひと月ほど経過したが、処刑についての動きはない。アレクシスにどうなったのか訊ねると「万事うまくいくから心配するな」としか返答しなかった。

どうやら彼がなんらかの手を回しているようだが、詳しいことはわからない。

フレイヤがやるべきなのは、ここから出るためにアレクシスを誘惑することだ。彼が自分に夢中になれば、ロキに荷担することはないだろうし、フレイヤを解放するために手を尽くしてくれるだろう。

そう思ったフレイヤは積極的に誘惑しているはずなのだが、どうも思うようにいかない。勇気を出して「好き」と言っても軽くいなされ、いつの間にかキスされてベッドに連れていかれる。

アレクシスに抱かれて極太の楔をずっぷりと咥え込まされると、快楽に溺れてしまい、なにも考えられなくなってしまう。

何度目かの情交のあと、腕枕をされながら、フレイヤはぼんやりしていた。

こんなはずじゃなかったのに、おかしいわ……。でも、彼は私に夢中みたいだから、これでいいのかしら……？

性懲りもなく、こめかみにキスしてくる男の胸を押し返そうと、軽く手を上げる。てのひらに触れた胸板は鋼鉄のように強固だ。

「すごく鍛えているのね。鋼みたいな体だわ」

「おまえの好みの体か？」

「えっ？」

好みかと聞かれて戸惑うけれど、こんなに鍛え上げられた肉体を嫌いなんて言う人はいないだろう。頼もしくて力強くて、思わず見惚れてしまうくらいなのに。

だけど素直に言えなくて、フレイヤは目を逸らす。

「どうかしらね」

「好みだから抱かれたいって、言わせたいな」

悪戯めいた顔をしてそんなことを言うものだから、どきりとしてしまう。

まるで好きな男に縋りつく娼婦みたいな台詞だ。侯爵令嬢として育てられ、王太子妃になる予定だったフレイヤはこれまでの教育で貞淑を求められてきた。夫となる男性に尽くすことは教えられても、誘惑する方法なんて聞いたことすらないので、そんなことが言えるわけない。

「そ、そんなこと言えないわ。それに言わなくても、あなたは私を抱いてるじゃない」

「そうなんだが。好きな女に求められたいんだ」

直截な言葉を投げられて、フレイヤの胸がどきどきと高鳴っていく。

好き——？

どうしてアレクシスはそんなことを言うのだろう。フレイヤの体が好きという意味だろうか。

この関係に愛はないのに、彼が気のあるようなそぶりを見せるので戸惑ってしまう。初めはフレイヤのほうから誘惑したはずが、アレクシスに主導権を握られているのは気のせいか。

「な、なにを言ってるのよ。そんなこと言わないで」

「なぜだ？」

「なぜって……本当に愛していないなら、言われたくないからよ」

「ほう。それなら、本当に愛していると証明できたなら、言ってもいいんだな？」

「え……まあ、そうなるわね」

彼はなにを言っているのだろう。

本当に愛しているという証明なんて、できるわけがない。

所詮は体だけの関係なのだから、戯れ言にすぎないのだ。

だがアレクシスの双眸には真摯な色が宿っていた。

「証明してやろう。いずれな」

彼に「好き」と言われて、どきどきと胸が高鳴っている自分がいる。こんなはずではなかったのに。

そうだわ、私のほうからもアレクシスを誘惑しないと……。

彼を籠絡して、ここを出なければならない。それがフレイヤの本来の目的だ。決してアレクシスに愛されて、肉欲に溺れるためではない。

こちらからも好きという態度を示さなければ。

そう思ったフレイヤは、おずおずと精悍な顔を見上げる。

「……好き」

「ん？　心が籠もっていないな」

挑発的な笑みを向けるアレクシスは、フレイヤの脚を抱え上げる。

何度も雄芯を受け入れた蜜口はすっかり綻んでいた。

再び、ずっぷりと楔を咥え込まされる。

悪辣な笑みを浮かべたアレクシスは、淫猥に腰を蠢かせる。

「あっ……あんん……」

「ほら、もっと腰を動かせ。俺を誘惑するんだろう？」

ぐい、と逞しい腰を突き上げられると、深々と挿し入れられた雄芯が子宮口に接吻する。

すると背筋から脳天にかけて、まっすぐに甘い芯に貫かれる。

極上の快感に浸っているので、煽られても皮肉を返す余裕なんてない。

「あぅっ、だ、だめ、動かしたら……」

「いくか？」

「だめ、あんん……」

「どっちなんだ」

男の低い笑い声が鼓膜を撫でる。

誘惑が効いているのかいないのか、よくわからないまま快楽の渦に巻き込まれていく。

濃密な愛撫を施されて、獰猛な雄芯で貫かれ、思うさま揺さぶられる。

何度も絶頂を極めたフレイヤは、とうとう意識を手放した。


ふと目を開けたとき、隣に体温はなかった。

身を起こしたフレイヤは、ぼんやりとして部屋を見回す。

辺りは明るくなり、すでに陽が昇っていた。アレクシスはいつも夜が明ける前に去っていく。

それは早朝から騎士団の訓練があるからだろう。フレイヤが王太子の婚約者だったときから、彼は訓練に明け暮れていた。

「初めて会ったときも、アレクシスは剣を握っていたわね……」

寝乱れたシーツを握りしめて、そこに彼の体温が残っていないか確認してしまう。

ベッドにひとりきりで残されるのは寂寥《せきりょう》感が身に染みた。

王太子の婚約者になった五年前、フレイヤは城内を視察するため、大臣に各所を案内されていた。そして騎士団の試合を見学したとき、剛剣を振るう漆黒の騎士が目に飛び込んだのだ。

濡れ羽のような黒髪に、炯々《けいけい》とした黄金色の瞳、頑丈な体躯は勇猛さを表している。威風堂々とした彼を見たフレイヤは、胸の高鳴りを覚えた。

彼は第二王子のアレクシスであると大臣から聞いて、納得した。

死神王子という二つ名で呼ばれている、ロキの腹違いの弟がいるのは知っていたが、会ったことはなかった。

彼こそが、その人なのだ。

瞬く間に相手を倒したアレクシスは、こちらにやってきた。

やはり噂どおり、素晴らしい剣の達人だ。昂揚を覚えたフレイヤは褒め称える。

だがアレクシスは冷静沈着なタイプのようで、無反応に近かった。

騎士とはいかなるときも平常心を保たなければならないのだろうと思ったフレイヤは、さほど気にしなかったが、黄金色の瞳の奥に危ういものが宿っているのを感じて、ぞくりと背を震わせた。

それは恐れなのか、それとも心の奥を抉《えぐ》る何者かなのかはわからない。

思えばあのときから、アレクシスとはなんらかの縁があったのかもしれない。

裸の体にローブをまとったフレイヤは、ベッドを下りる。

窓辺に近づいて、外を眺めた。

アレクシスはもうとっくに帰ってしまったとわかっているのに、馬に騎乗している彼の姿がないか捜してしまう。

「また夜になったら、来てくれるわよね……」

近頃はアレクシスがやってくるのを心待ちにしている自分がいた。

それも籠の鳥という身の上だからだろう。アレクシスとのつながりを失えば、フレイヤは外界との接点がなくなる。

それどころか、彼にフレイヤの命運が懸かっているのだ。

どうにかして、アレクシスを利用して処刑を撤回させ、自由の身にならなければならない。この塔に幽閉されている限り、フレイヤに安寧の日は来ないのだから。

かといって、フレイヤにできることはなにもないのだが。

唯一、アレクシスを誘惑して、体を重ねることくらいだ。彼がフレイヤとの行為に夢中になっている限りは、こちらの味方だろう。

そう画策していると、なぜか胸の奥がつきりと痛みを覚えた。

顔をしかめたフレイヤは、胸に手を当てる。

実際に痛いわけではない。この痛みの名は、罪悪感だった。

「なによ……仕方ないじゃない。私の命が助かるかどうかという瀬戸際なんだから、利用できるものはなんでも使うべきだわ」

独りごちたフレイヤは自分自身を納得させる。

アレクシスに「好き」と言っても、彼が気にしているそぶりはない。それに傷ついている自分がいた。

確かに本気で言ったわけではないけれど、嫌いではないから嘘とも言えない。

どうして傷ついているのか、自分でもよくわからなかった。

きっと、フレイヤのほうが翻弄されているから不満を感じるだけだろう。できればこちらが舵を取りたいのだが、アレクシスに抱かれるとわけがわからなくなってしまい、余裕がなくなる。

乱れた髪を掻き上げたフレイヤはバスルームへ向かう。

なんだか心が揺れているので、鎮めたかった。

情事の痕を洗い流し、食事をしてから読書でもしよう。

そう思ったものの、淫靡な行為が脳裏によみがえってしまい、体が疼いてしまうのだった。


バスルームで体を清めてからドレスに着替え、メイドが提供した食事を終える。

一息ついたフレイヤは、ソファに腰を下ろして本を開いた。

退屈しないようにと、アレクシスが持ってきてくれた歴史書だ。もう勉強する必要はないかもしれないが、長年の習慣が抜けず、知識を蓄えようとしてしまう。

だが、食器を片付けたばかりのメイドが再び顔を出す。

「アレクシス殿下がお越しです」

「えっ、もう？」

まだ陽は高く、昼過ぎくらいである。

こんなに早い時刻にアレクシスが訪れるのは初めてだ。なにかあったのだろうか。

本を脇に置いて立ち上がると、漆黒の外套を翻したアレクシスが現れる。

「起きたのか。どうだ、体の調子は？」

情事があったことをほのめかされて、顔が熱くなる。

まだ気怠《けだる》さが残っているものの、フレイヤは平気なふりをした。

「なんともないわ。それより、こんなに早い時間に来るなんて珍しいのね。なにかあったの？」

まさか、処刑について動きがあったのか。

息を呑んでいると、その緊張を感じ取ったのか、アレクシスは緩く首を左右に振る。

「なにもない。今日の訓練は午前中で終わりだ」

「そう。あなたは訓練以外は私に会う時間に充てるの？」

処刑が承認されたわけではなかったため、内心でほっとした。ただ、解放されるわけでもなく、進捗はないのだ。

安堵と落胆が入り混じり、思わずフレイヤは嫌味みたいなことを言ってしまう。

ところがアレクシスは気を悪くするでもなく、無表情で頷く。

「そのとおりだ。フレイヤの顔が見たいからな」

じっと黄金色の双眸に見つめられて、体の芯が疼きそうになってしまう。

それほど連日にわたり彼に愛されているせいで、体はすっかり欲の味を覚えてしまっているのだ。

恋人でもないのに、そんなことを言われても困る。

でも嫌な気持ちではなかった。アレクシスに「顔が見たい」と願われて、嬉しさが胸に芽生えている。

素直に喜びを表して縋りつけばよいのかもしれないが、悪女はそうはいかない。

目を逸らしたフレイヤは、つんと澄ます。

「そ、そうなの？　私の顔になにかついてるのかしら」

「ついてるな。ほら」

「えっ……？」

アレクシスは腕を伸ばすと、そっとフレイヤの頬にさわった。

本当に米粒でもついていたのだろうか。

菫色の目を瞬かせていると、アレクシスは精悍な顔を傾けた。

チュッ、と唇に柔らかいものが触れる。

少し顔を離した彼の唇が弧を描いている。

それを見て、ようやくからかわれたのだと気づいた。

「あっ……もう！　なにするのよ」

「キスだ」

「それはわかっているわ！」

「怒るな。怒った顔も可愛いが。もう一回、キスしてやるから」

「もういいわよ！」

本気で怒っているわけではないが、フレイヤは唇を尖らせる。

朗らかに笑ったアレクシスは、宥めるように優しく抱きしめてきた。

彼の腕に抱かれていると、胸に安堵が宿るのはなぜだろう。

気持ちを鎮めたフレイヤは、黙って漆黒の騎士の腕の中に収まる。

スカーレットの髪に頬をすり寄せたアレクシスが、つと言った。

「ここに閉じこもっているのは退屈じゃないか？」

「……本を読んでいるから、退屈でもないけど。でも、どうして？」

進んで閉じこもっているのではなく、幽閉されているわけだが。

毎日のようにアレクシスから濃密に抱かれているので、退屈する暇もない。彼がいないときは寂しさを感じるものの、そんなことはとても言えなかった。

「庭を散歩しないか？　陽の光を浴びたら、気分も晴れるだろう」

「えっ、いいの？」

驚いたフレイヤは顔を上げる。

部屋には鍵がついており、フレイヤは自由に出入りできない。幽閉されている身なので当然である。メイドやアレクシスが出入りするときは逐一解錠しているが、彼らを出し抜いて脱出しようとは思っていなかった。見張りのための兵士を配置しているのはわかっているし、脱出してもどうせ捕まる。この部屋を出るときは、処刑の撤回命令を受けて堂々と出るのだと思っていた。

「ああ、俺と同伴なら問題ない。息抜きも必要だ」

「それなら、少しだけ散歩したいわ」

アレクシスと一緒なら、外に出られるらしい。

息抜きできるならありがたい。ずっと部屋に籠もっていると、鬱々としてしまう。

フレイヤが笑みを浮かべると、アレクシスは愛しいものを見るように目を細める。

恭しい仕草で手を取られ、ふたりは部屋を出た。

塔の長い螺旋階段を下り、扉をくぐり抜ける。

すると、庭木の瑞々しい緑が目に飛び込んできた。

久しぶりに外の空気を吸ったフレイヤは、ほうと息をつく。

傍らのアレクシスはそんなフレイヤの様子に笑みを浮かべた。

「フレイヤとこんなふうに散歩するのは初めてだな」

「そうね。ありがとう、アレクシス。外には出られないと思っていたわ」

手をつなぎながら寄り添うふたりは、ゆっくりと小道を辿る。

優しい木漏れ日が降り注ぎ、鳥のさえずりが耳に届く。

塔の周辺は林が広がっており、その向こうは丘が続いている。どこまでも緑の連なる雄大な景色は、部屋から見渡せるものの、やはり外出できるのは心が安らいだ。

フレイヤとアレクシスの少し後ろを二人組の衛兵がついてくるが、緊迫した気配はない。この領地はアレクシスのものなので、メイドや衛兵も彼の部下なのだ。だから外出も、アレクシスさえ許可すれば可能なのだろう。

眩い緑を眺めていると、不意にアレクシスが口を開いた。

「フレイヤは俺に進捗を訊ねないんだな。さっさと処刑を撤回する王の承認を取れ、と迫らないのか？」

どきりとしたフレイヤは隣を歩くアレクシスの顔を見やる。

精悍な横顔に、木漏れ日が精緻な模様を描いている。彼の長めの前髪が、風になびいていた。

「あなたに要求したら、王の承認を得られるのかしら」

「俺は、おまえがどういうつもりなのか知りたい。身を任せるからといって、信用してくれているわけでもないだろうしな」

確かに、体を許すのと信用するのは別物だ。

だけどアレクシスに要求したからといって、すぐに処刑を撤回できるというものでもないだろう。

彼は以前「処刑の許可を出させない」と、はっきり言った。

アレクシスが自分を守ってくれるものだと、フレイヤは信用している。彼の誠実な人柄を見込んでいるから、処刑されたらどうしようと、うろたえることはないのだ。

「……信用しているわ。陛下が私を処刑しろなんて、言うはずがないもの」

だけど、アレクシス本人に面と向かって言えるほど、フレイヤは素直ではない。

王を信用しているという方向に濁してしまう。

彼はそれすらも見越しているのか、薄い笑みを刷《は》いた。

「なるほど。そのとおりだ。——だが、ずっとここに幽閉されたまま生涯を終えるつもりではないだろう」

「そうね。一矢報いたいとは思っているわ」

衛兵がいるので念のため明言を避けたが、ミサリに陥れられて、ロキに裏切られたことを許せるほど寛大ではない。いずれは自分の無実を証明したいと思っている。それに、あのふたりが王国を牛耳ることになったら、国家が転覆するような事態に転がるのではないかという懸念がある。できれば再び王の仕事を手伝えたらとは思うものの、フレイヤが王族の地位に就けることは、もはや万にひとつもない。

よって今のフレイヤにできるのは、処刑を取り消されたら侯爵家に戻って、慎ましく余生を過ごすことくらいだった。そうなったら、アレクシスとの関係も終わるだろう。

溜息をつきかけたとき、アレクシスは真摯な双眸を向けてくる。

「俺が、おまえの願いを叶える」

「……え？」

彼の力強いひとことが、胸に染み込んでいく。

アレクシスの強靱な魂が、フレイヤの心を打った。

どうして彼はこんなに強いのだろう。

いつでもフレイヤの揺らぎそうになる心を、彼は支えてくれる。

どきどきと胸が高鳴っていく。

黄金色の瞳に魅入られそうになった、そのとき。

複数の足音が耳に届いた。

何者かが、こちらに向かってくる。

はっとしたフレイヤが顔を上げると、アレクシスが守るように前に立ちはだかる。後ろにいた衛兵は背後を固めた。

侵入してきたのは、王国の兵士たちだった。

騎士団ではなく、王太子直属の近衛兵である。数名の武装した近衛兵たちは、アレクシスを見つけると、手前で立ち止まった。

「なんの用だ。許可のない者を、ここに立ち入らせることはできない」

アレクシスが声を上げると、近衛兵たちの背後に隠れていた人物が進み出る。

金髪の男は、ロキだった。その後ろにはミサリもいる。

「許可なんかいるものか。僕は王太子だ。この国のすべてが、いずれは僕のものになるのだからな」

「いずれ、という話だろう。今は俺の領地だ」

平静なアレクシスの指摘に、ロキはむっとした顔をする。

突然ロキとミサリがここを訪れるなんて、一体何事だろう。

処刑の許可は出ていないと思うけど……。

単にフレイヤの様子を見に来ただけとは考えにくい。なぜなら後ろのミサリが愉悦の笑みを浮かべているからだ。婚約破棄されたときも、彼女は巧妙に隠してはいたが、他人の不幸をあざ笑うみたいな表情を見せていた。

フレイヤの胸はざわめくが、彼らに対峙したアレクシスが広い背中をこちらに見せている。

ロキはアレクシスに向かって、不躾に指を差した。

「貴様が偉そうにできるのも今のうちだ。知っているんだぞ。貴様とフレイヤは愛人関係にある」

フレイヤは、はっと息を呑んだ。

王太子派には知られていたのだ。ここはアレクシスの領地とはいえ、ロキの部下が偵察するのも充分に考えられる。

だが、アレクシスは堂々としていた。

「だから、なんだ」

「……なんだとは、なんだ。貴様は僕の婚約者だった令嬢を寝取ったんだぞ！　そんなことが許されると思っているのか⁉」

「婚約破棄したのだから、フレイヤはもうおまえのものではない。ロキは俺にフレイヤの幽閉を任せた。この件は俺の管轄なのだから、口出しは無用だ」

「そういう話じゃない！　僕の顔に泥を塗って許されるわけがないだろうと言っているんだ」

逆上したロキは顔を真っ赤にして拳を振り上げた。

プライドだけは人一倍に高いので、たとえ手放した女であっても、ほかの者が手に入れるのは許せないのである。

しかし、アレクシスは謝罪しない。

彼は悪辣な笑みを浮かべると、鼻で嗤《わら》う。

「それはおまえだって同じだろう。婚約者がいながらほかの女を漁って、フレイヤの顔に泥を塗っただろうが」

きょとんとしたロキは、言われたことの意味が理解できないようだった。彼に他人の立場を推測するというのは難しいようだ。王太子の自分だけが、なによりも崇められて然るべきと考えているのである。ロキにとって他人の都合など、考慮するべき事柄ではない。

「僕を貶めるな。悪いのはフレイヤだ。彼女には僕の婚約者としての資格がなかったんだ」

「では、その聖女には王太子の婚約者になる資格があるというのか？」

アレクシスは後ろに隠れるようにして事態を見守っているミサリに目を向ける。

ロキはミサリの背を押して、わざわざ前へ出した。

悪気はないのだろうが、子どもが宝物を披露するような感覚なのだろう。

「そのとおりだ！　ミサリは聖女なのだからな。特別な力を持っているミサリは、僕と結婚して王妃になるんだ」

「ほう。聖女なのに婚約破棄させて王太子の婚約者に成り代わろうとは、随分と才能に溢れているんだな」

アレクシスの嫌味を浴びせられたミサリは、居心地悪そうに目を逸らす。

ロキの前に立たされた彼女は渋々口を開いた。

「あのう……兄弟喧嘩はあとでやってくれますかね。わたしたちがここへ来たのは、フレイヤ様を別の場所へ連れていくためなんです。もとはロキ様の婚約者なんだから、こちらで用意した監獄に幽閉します。アレクシス様に任せていたら、いつ処刑できるかわかりませんから」

「なんですって？」

驚いたフレイヤは声を上げる。

ここでは優遇されているが、ロキが手配した監獄なんかに入れられたら、まともな扱いをされないだろう。フレイヤを処刑したがっていることからも、王の承諾を取る前に監獄で死亡する可能性だってある。

なんとしても、監獄へ移送されるのは拒否しなければならない。

「陛下の承諾書はあるの？　あなたたちの一存で決定できることではないでしょう」

「フレイヤ様は意見しないでくださいね。あなたは虜囚なんですから」

「もう一度だけ聞くわ。王の承諾書は、あるの？」

ミサリは小さく舌打ちした。

オーディン王が認めたのなら、それに従わざるを得ないが、彼らが王の承諾を取れたとは思えない。もし承諾書を持っているのなら、真っ先にそれを掲げて、フレイヤを引きずっていくだろう。出し渋っていることに答えが出ている。

ミサリはロキを肘で小突く。

すると思い出したように、ロキは懐から羊皮紙を取り出した。

「あるぞ。これが、フレイヤ・バリエンダールを監獄へ移送するという命令書だ」

「えっ⁉」

ロキが広げた羊皮紙を掲げる。

そこには達筆な文字で、フレイヤ・バリエンダール侯爵令嬢をユミルの塔から監獄へ移送するという旨が記載されていた。おそらく文官が書いたのだろう。最後に歪んだ字体で『ロキ・ソラ・トーナ・ヴァルキリア』とサインされている。これはロキのフルネームであり、彼の筆跡である。

命令書なるものを読んだフレイヤは、目を瞬かせた。

どこにもオーディン王のサインはない。ロキが勝手に作成した書類のようである。

ロキは王太子ではあるものの、王から権限を委任されているわけではないので、政治的な承認を下すことはできない。

「これは、ロキが独断で作った書類じゃないの？　命令書というけれど、あなたは囚人を移送することはもちろん、そういった政治的な権限をなにも持っていないわよね」

呆れたフレイヤが問いかけると、ロキは憤慨を露わにした。

「きみは僕の元婚約者なのだから、僕の命令に従うべきだ！　いつでもフレイヤは僕を馬鹿にしてばかりで腹が立つ。そういうところがダメなんだと、どうしてわからないんだ」

「馬鹿にしているだとかそういうことではなくて、陛下の承認が得られていないから、この命令書には効力がないという話なの」

なぜかプライドを傷つけられたという話になるのは、ロキが常にそのことばかり考えているからだろう。フレイヤは問題について丁寧に説明するのだが、いつもロキには通じない。

　ぽんとロキの肩を叩いたミサリは、にやりと笑った。

　そのいやらしい笑みは、聖女というより悪女のようである。

「フレイヤ様は『王様の承認がないとダメ』って言いたいんですよね。でも、あなたこそ囚人なんだから断る権利なんてないんですよぉ。王様の承認はあとからちゃんと取りますから、安心して監獄行きの馬車に乗ってください」

「そうだ。ミサリの言うとおりだ」

　なにやらミサリが手綱を取り、ロキを誘導しているような気配がある。

　ミサリはフレイヤを排除するという目的を達するため、道を逸れがちなロキを修正しているのだ。

　冤罪の証拠が出たら、自分の立場が危ういからなのね……。

　フレイヤを処刑さえすれば、ミサリを阻む者はいない。永久に証拠は隠滅され、晴れてミサリは王太子妃になれる。

　そのためにはフレイヤが邪魔なのである。

　だけど、ミサリはすでに聖女という尊い身分なのに、その上で王太子妃を望むのはなぜなのか。彼女がロキをそんなに好きなようには見えないのだが。

　すると、ロキが近衛兵に向かって合図を出した。

「フレイヤを捕えろ！」

屈強な近衛兵たちに取り囲まれる。

息を呑んだそのとき。

アレクシスが剣を抜く。

白刃を閃かせた死神は、双眸に剣呑な光を宿す。

「俺を殺してから、フレイヤを連れていけ。殺せるものならな」

地の底から響くような低い声に、近衛兵たちは怖じ気づいた。

果敢に剣を抜いてかまえるものの、殺気を放つアレクシスに向かっていこうとする者はいない。

焦れたロキは怒声を上げた。

「なにをしている。王太子命令だ。アレクシスを殺せ！」

その声に、ひとりの近衛兵が剣を振り上げた。

刹那、一閃が走る。

アレクシスの剣が斬撃の弧を描く。

残影を目にしたときにはもう、近衛兵の剣が弾き飛ばされていた。

悲鳴を上げた近衛兵は腕を押さえている。

殺意を漲らせたアレクシスは、ゆっくりと剣先を向けた。

「次は、どいつだ」

ごくりと唾を飲み込んだ近衛兵たちは、じりじりと後退する。

彼らが距離を取るので、ロキが前に出る格好になった。

ミサリは、ぐいとロキの背を押す。

「ロキ様の強さを見せてあげてください。死神王子なんて一発でやっつけるんだから」

「えっ⁉　ちょ、ちょっと待て」

うろたえたロキは完全に腰が引けている。

剣を佩《は》いているものの、ロキが剣の稽古をしているのをフレイヤは一度たりとも見たことがない。ロキでなくても、死神王子の異名を取るアレクシスには誰も敵わないと思えた。

「殺せと命じるからには、命を懸けて戦うんだろう。ロキ、剣を抜け」

「冗談じゃない！　僕は次期国王なんだぞ。僕が怪我でもしたらどう責任を取るんだ」

「おまえの命は、自分で責任を取れ」

ロキは逃げ出そうとするが、背後でミサリがマントを摑んでいるので動けないようだ。もがいているだけで、戦おうとはしない。

ミサリが「ちっ」と小さく舌打ちするのを、フレイヤは聞いた。

「殺せって初めに言ったのはアレクシス様です。ロキ様が言い出したわけじゃありませんよ」

「そ、そうだ。ミサリの言うとおりだ。悪いのはアレクシスだ！」

「そういうわけだから、邪魔しないでもらえます？　わたしたちはフレイヤ様を移送したいだけなんですから、さっさと馬車に乗ってほしいんですよね」

アレクシスが頷きさえすれば、フレイヤは監獄へ送られる。

菫色の瞳を揺らしたフレイヤは、守るように立ちはだかっているアレクシスの広い背中を見つめた。

相手に戦う意思がないと察したアレクシスは、剣を収める。

まさか、フレイヤを引き渡してしまうのだろうか。

監獄に送られるのも、そこで死が待っているであろうことも、考えるだけで恐ろしいけれど、フレイヤがもっとも恐れているのは、アレクシスに裏切られることだった。

ロキに裏切られたときは、ショックを覚えなかった。

やっぱりね、という程度だった。

だけどアレクシスに、フレイヤを守ると言ったのを翻されたら、激しく落ち込んでしまう自分がいる。

嫌なふうに鳴り響く心臓を押さえるように、ぎゅっと胸に手を当てた。

だがアレクシスは腕を上げて、ロキたちが近づけないよう牽制する。

「それは不可能だ。おまえたちの主張は通らない。フレイヤを移送することはできない」

「だーから、王様にはあとで言っておくって……」

「王の承諾は得ている」

ミサリを遮り、アレクシスはひとこと放つ。

え、と一同は首を傾げた。

どういうことだろう。

みなが目を瞬かせていると、懐からアレクシスは藍色の筒を取り出す。

それは重要な書類を保管しておくためのものだ。王の勅令などを戦場に持っていくときなどに使用される。

筒から取り出されたのは、一枚の羊皮紙だった。

上質の羊皮紙を開いたアレクシスは、みなの目に触れるよう広げた。

「フレイヤ・バリエンダールは、第二王子であるアレクシス・ガル・ティナ・ヴァルキリアの婚約者になった。これはオーディン王が婚約を認めた正式な書類だ」

「ええっ⁉」

フレイヤだけでなく、その場にいた者たちが驚きの声を上げて呆気にとられた。

なんと、フレイヤはいつの間にかアレクシスの婚約者になっているというのだ。

そんな話はまったくされていなかったので、青天の霹靂である。

確かに書類には、ふたりの婚約を王が認めるという内容が書かれていた。オーディン王の直筆の署名もある。フレイヤは何度も王のサインを見ているので、本物だとわかった。

ミサリは疑わしい目で書類をじっくり眺めている。

つまり、フレイヤはアレクシスの婚約者なので、王族の地位を得た。

ロキといえども、王族を幽閉するのは容易ではない。今のフレイヤを監獄へ送るには、正式な裁判を経なければならないし、アレクシスの婚約者という肩書きを剝奪する必要がある。

自分が持参した命令書がまったく役に立たないことを知らされたロキは、身を震わせた。

ぐしゃりと命令書を握り潰す。

「偽造だ！　父上の許可が取れているはずがない」

「そう思うなら、王宮へ戻って確認したらどうだ。俺たちは逃げも隠れもしない。オーディン王から聞いたことを、俺の屋敷へ報告しに来てもらおうか」

余裕たっぷりに言ったアレクシスは書類を筒に戻す。

それを彼は懐にしまった。

まるでフレイヤの身柄を確保しているのは自分だと言わんばかりの悠々とした態度だ。

優位を取られたロキは怒りが収まらない。

「いいとも。父上に聞いてやる。僕が婚約破棄した女を貴様が婚約者にするなんて、そんなことが許されるはずがない！」

身を翻したロキは駆け出した。置いていかれたミサリは「ロキ様、待ってくださいよ」と言って追いかけている。そのあとを近衛兵たちがついていく。

嵐が去ったあとは、涼やかな風が吹いて枝葉を揺らした。

剣を下ろした衛兵に、アレクシスは手を振る。危機は去ったので、ふたりきりにしろという合図だ。衛兵は音もなく木陰へ消えた。

ひとまず、監獄へ送られることはなくなった。

ほっと胸を撫で下ろすが、新たな問題が発生したようである。

眉をひそめたフレイヤは、アレクシスに向き直る。

「どういうことなのかしら。私はあなたの婚約者になっているの？」

「そうだ。ただし正式に婚約するには、フレイヤのサインが必要だ。これは王が婚約を認めるという承諾書に過ぎない。今すぐに婚約の証書にサインしてくれ。そうすればフレイヤは俺の婚約者となり、身分が保証される」

王族の結婚には、王の承認が必要である。

それとは別に、婚約や結婚の契約を交わすための証書もあり、双方のサインが必要だ。

つまり、現時点ではフレイヤは王族ではないので、ロキたちが無理やり引きずっていけば監獄へ移送できたかもしれない。もし彼が婚約が成立していないことに気づき、多数の兵を引きつれてきたら、今度こそフレイヤの命はないだろう。

だからアレクシスは一刻も早く婚約を交わすことを迫っているのである。彼の婚約者である限り、永久に処刑の許可は下りないという理屈になるのだから。

それはわかるのだが、どうにも納得がいかない。

フレイヤは真摯に向き合うアレクシスの双眸を見上げる。

なぜ処刑の進捗を訊ねないのか、ということについて先ほど彼と話した。

だがすでにアレクシスは婚約の承諾書を取っていたのだ。それならば、フレイヤに事情を説明してくれてもよかったのではないか。どうして試すようなことを言ったのか。

「今日、あなたが来たときにはもう婚約について決定していたようなものだったのね」

「そうだ。ロキの動きがあったので急いで来た」

「でも私に説明してくれてもよかったんじゃない？　どうしてなにも言わなかったの？」

「そのわけを知りたいか？」

「ええ、ぜひ」

もったいぶるアレクシスに首を捻る。

ロキに先んじるために彼が手を尽くしてくれたのは、ありがたいと思っている。

だけどフレイヤに秘密にしておく理由とはなんだろうか。

まっすぐに黄金色の瞳を見上げると、その双眸が猛禽類のごとく細められた。

「この状況を作ってこそ、フレイヤを俺の婚約者にできるからだ」

「え……」

「先に話していたら、断ったかもしれないだろう?」

「そうかも……。突然アレクシスの婚約者になれなんて言われても困るわ」

「だが、今の状況では、ロキたちに捕まらないうちに俺と婚約しておかなければならない。そうだろう?」

フレイヤは眉をひそめた。

なんという悪い男だろう。

彼はフレイヤを追い込むために、わざと婚約について黙っていたのだ。

もはや悩む時間すらないのである。それを与えないためにアレクシスは一計を案じたのだ。ロキたちを出し抜くばかりか、フレイヤまで策に嵌めた。

やっぱりアレクシスなんて信用できないわ……。

それもフレイヤを救うためではあるが。

「なんだか納得いかないわ……。だって、騙された気分なのよ。少しは婚約について私に猶予を与えてくれてもよかったんじゃないかしら」

「もちろんだ。ゆっくり考えるといい。ただし、サインしたあとでな」

恭しくフレイヤの手を取ったアレクシスは、手の甲にくちづけを落とす。

強引なのに、紳士的なところもある彼に絆されそうになる。

まったくもう、ずるいんだから……。

彼がフレイヤを自分のものにするために策略を企てたと思うのは気のせいだろうか。

だけど、そんな彼を憎めないから困ってしまう。

キスされた手は、しっかりと握りしめられていて、振りほどけない。

でもこれは好機かもしれない。

アレクシスの婚約者になれば処刑を回避できるのは確実だ。それどころか、幽閉を解かれるかもしれない。

なぜなら婚約をオーディン王が認めたということは、王はフレイヤを処刑すべきではないと公言したも同然だからである。もしロキの考えが正しいと思っているのなら、フレイヤはとうに斬首されているだろう。

アレクシスと婚約すれば、すぐにでもここを出られる……。それに、冤罪を証明できる機会があるかもしれないわ。

もはや彼を好きかどうかなんて悩んでいられない。

アレクシスを誘惑して利用すると決めたのだから、どこまでもそれを貫こう。

そう決意したフレイヤは、婚約の証書にサインすることを承諾する。

「わかったわ。あなたの婚約者になったなら、私はふたりの王子を手玉に取った悪女として、王国の歴史に名を残せるわけね」

「そうなるな。まさに、稀代の悪女だ」

悠々と述べたアレクシスは、悪い男の笑みを浮かべる。

果たして悪いのはどちらか。

つんと澄ました顔をしたフレイヤは、彼に手を取られたまま、部屋へ戻った。

第三章　ノルンの森の耽溺

婚約の証書にサインをしたフレイヤは、晴れて第二王子アレクシスの婚約者になった。

そしてすぐにユミルの塔を出て、王都にあるアレクシスの屋敷へ移り住む。

豪奢な室内に置かれた机で手紙を書いていたフレイヤは、ふうと一息つく。

手紙の宛先はオーディン王だ。婚約を認めてくれたお礼を綴ったのである。

ロキが塔を訪れたのを機に婚約の証書にサインしてから、半月が経過していた。

あれからロキが訪問してくることはなく、動きはない。どうやら婚約が本当だというのを確認して、意気消沈しているようだ。

ただアレクシスは「王宮に足を踏み入れるのは少し待て」と言っている。できれば王に直接会って礼を述べたいが、それはまだ時期尚早のようだ。

「ロキとミサリがこれでおとなしくなるとは思えないけど……」

ひとまずは、幽閉を解かれたのを喜ぶべきだろう。

もうフレイヤは処刑を待つ虜囚ではない。第二王子の婚約者という身分になったのだ。

ロキが手を出せなくなったので、いつ処刑されるかと怯えることもない。

書き終えた手紙に、蠟で封をする。

卓上に置いてあるベルを振ると、チリリン……と流麗な音色が鳴った。

「お呼びでしょうか、フレイヤ様」

隣の部屋から現れたのは、十四歳くらいの少年である。

栗色の髪のセラは瑞々しい笑みを見せた。彼はアレクシスに仕える部下のひとりであり、騎士見習いだそうだ。貴族の子息は十歳を超えると騎士団に入団して、剣の腕を磨くのが習わしである。

今のセラはフレイヤの側仕えとして務めている。もちろん屋敷にはメイドがたくさんいるのだが、フレイヤの身を守るための護衛として、アレクシスがセラをつけているのだ。

ここはアレクシスが所有する屋敷なので、王太子派に襲われる心配はないだろうけれど、万が一のためということだろう。

フレイヤとしても、今は自由に動けないので、セラに用を頼めるのは助かる。

「陛下へ宛てた手紙を、王宮に届けてほしいの」

「かしこまりました。では、陛下の側近に渡します。王太子に見つからないよう気をつけますのでご安心ください」

「まあ、セラったら」

セラはまだ子どもなのに、とても利発だ。アレクシスが説明したのだろうが、彼はこちらの事情をすべて把握しているようである。

手紙を渡すと、慇懃《いんぎん》な所作で受け取ったセラは、にこりと笑った。

退出したセラを見送り、フレイヤは羽根ペンをペン立てに戻す。

マホガニー製の机と椅子は精巧な造りで、羽根ペンなどの備品も一級品ばかりだ。

それだけでなく、フレイヤの私室として与えられた部屋は、すべてが豪華な調度品に囲まれている。

南向きの明るい陽射しが降り注ぐ広い部屋に、天蓋付きのベッド、マホガニー製の机、羅紗張りのソファ、さらに隣には衣装部屋とバスルームもついている。衣装部屋には溢れるほどのドレスや宝飾品が収められていた。すべてアレクシスが用意させたものである。

塔での生活でも不自由はなかったが、素晴らしい好待遇だ。

王太子の婚約者だったときは、王宮に与えられた私室は、仕事をするための執務室のみだった。侯爵家から通って仕事や勉強をこなしていたため、困ることはなかったが、ロキはいっさい執務室に顔を出すことはなかったし、贈り物をしてくれることも無論なかった。

それが寂しくないと言えば嘘になるのだが、かといって贅沢がしたいわけではないので、今の恵まれた待遇には戸惑いを覚えてしまう。

ふと扉がノックされる。フレイヤが「どうぞ」と答えると、アレクシスが入室してきた。

「ちょうどセラとすれ違った。王へ手紙を出すそうだな」

「ええ。婚約を認めてくれたお礼を書いたの。いけなかったかしら？」

「いいや。オーディン王はフレイヤを大切にしている。だからこそ処刑を許可しなかったし、俺たちの婚約を認めたのだ。礼を述べておくのは今後のためにも、とてもよいことだ」

「今後のためにも……ということは、あなたはなんらかを画策しているのかしら？」

アレクシスがフレイヤと婚約したのは、同情のためではないだろう。策士の彼は、フレイヤを利用してなにかを計画しているのだと思われる。

もちろん、フレイヤは処刑を撤回させるためにアレクシスを利用したわけだが。

だからこれは互いの利益のための契約なのだとわかっている。

それなのに、つきりと胸が痛むのはなぜだろう。

フレイヤは平気なふりをして問いかける。

すると、アレクシスは黄金色の双眸を柔らかく細めた。

いつもは悪い男の笑みを浮かべるのに、なぜか今は爽やかに見える。

「そのとおりだ。準備ができたので、それを今から披露しよう」

「えっ……今から？」

驚いているフレイヤの手を取ったアレクシスとともに、部屋を出る。

彼は屋敷の一室へ足を向けた。

屋敷内で済むことのようだが、一体なんだろう。

どきどきとフレイヤの胸は鳴り響く。ちらと隣のアレクシスを見上げると、彼は悠然とした笑みを刷いていた。

控えていた従者が扉を開ける。

その途端、眩い光が目に飛び込む。

おそるおそる瞼を開けると、フレイヤは思わず声を上げる。

「これは……？」

室内には、いくつものドレスが飾られていた。

真紅にロイヤルブルー、ピンクやラベンダーなど、色とりどりのドレスは艶々とした光沢のある新品ばかり。いずれも夜会に着ていくような華やかさで、レースやフリルがふんだんにあしらわれていた。

しかもドレスを飾るトルソーには、それぞれ靴とアクセサリーもつけられている。

どれを選んでも、一式を身につければ、すぐにお姫様に変身できるだろう。

「フレイヤのために用意させた。いずれ夜会に出よう。そうすれば、おまえの名誉を回復できる」

なんと、アレクシスは夜会へ行くためにこれらの品を用意させたのだ。

そういえば屋敷へ来てからすぐの頃に、お針子に採寸されたことがある。あれはドレスを作るためだったのだ。

「私のために……?」

「そうだ。俺たちの婚約はまだ公にしていないので、貴族の間ではフレイヤは処刑されたなどという噂が飛び交っている。それを明確に否定するためにも、宮廷に顔を出さなければならない。そうなってこそ汚名をそそげるだろう」

フレイヤの名誉を回復するために、アレクシスはあらゆることに心を砕いてくれる。

彼はフレイヤを利用してなんらかの計画を練っていると思ったが、それは思い違いだったのかもしれない。

考えてみれば、アレクシスがフレイヤを助けたところで、なんのメリットもない。

王太子派に睨まれるだけだ。ロキが王座に就いたら、彼は僻地へ左遷されるかもしれない。そのリスクを冒してまで、なぜフレイヤを救おうとしてくれるのだろう。

「どうして、私の濡れ衣を晴らそうとしてくれるの? あなたにはなんの得にもならないわ」

「損得の問題ではない。フレイヤは俺の婚約者だ。婚約者の尊厳を穢すことは俺が許さない」

明瞭に言いきった彼の強い双眸に射貫かれる。

フレイヤの胸に、じわりと感激が染みる。握られているてのひらの熱さが、体の深いところまで浸透するようだ。

こんなふうに誰かに守ってもらえたことなんて、これまでなかった。

王太子の婚約者として、悪役令嬢として、強くあらねばならないと、ずっと気を張っていた。それが自分の役目なのだから、誰にも頼れないのだと思い込んでいた。王太子の代わりに仕事をして、浮気されてもそれを追及せず毅然として、立派な婚約者としてあり続けなければならないと、当然のごとく枠に嵌められていた。

だけど、アレクシスはその役割を課そうとしない。

フレイヤを婚約者として守り、大切に扱ってくれる。

自分はひとりの女性として、大事にされてよいのだ。

そんなことは初めてで、戸惑ったフレイヤは、うろうろと視線をさまよわせる。

彼女を優しい眼差しで見つめたアレクシスが、手を掲げて促した。

「さあ、気に入ったドレスを着てみたらどうだ」

「たくさんあって、どれかひとつなんて選べないわ」

「全部おまえのものだぞ。もっとも、今度の夜会に行くときはどれか一着を選ばなければならないが……これはどうだ？」

きらきらしたドレスの中から、アレクシスがひとつを勧めた。

それは幾重ものフリルに飾られた純白のドレスだった。

ホルターネックになっている大胆なデザインで、袖はふんわりとしている。ウエストには豪奢な金細工のベルトを締め、裾は流れるようなフリルに彩られていた。まさに女神が着るようなドレスだ。

フレイヤはもちろん、こういったドレスは着たことがない。

自分のきつそうな外見や、悪女というキャラクターを考えたら、到底似合わないだろう。

「えっと……これって、すごく清純な雰囲気のドレスよね」

「そうだな。いつもの赤や黒のドレスも似合うが、こういったタイプもよさそうだ。肌の色が白いから似合うだろう」

「……そうかしら？」

「なにより、俺が見たいんだ。俺の選んだドレスをまとうフレイヤを、見せてほしい」

甘く低い声で懇願するようなことを言われ、かぁっと顔が熱くなる。

似合うかどうかわからないけれど、試着してみるのはいいだろう。フレイヤとしても、彼が選んでくれたドレスを着てみたかった。

「それじゃあ……これを着てみるわ」

そう言うと、アレクシスは控えていたメイドを呼ぶ。

メイドたちの手により、トルソーから純白のドレスが外された。

着替えのため、フレイヤは隣室へ赴く。そこでメイドたちに手伝ってもらい、着ている赤のドレスを脱いだ。

淑女のドレスはコルセットなど、たくさんのアイテムを身につけているため、とてもひとりでは着替えられない。

純白のドレスを着てみると、サイズはぴったりだった。ふわりとした上質な生地が心地よい。さらに真珠色に艶めくハイヒールを履き、金のネックレスをつける。

フレイヤのためだけに作られた、特別なドレスに心が踊る。

似合わないのではないかと心配になっていたが、鏡に映してみると、思ったほど妙ではない気がする。アレクシスの言うとおり、肌の白さがドレスの色に馴染んでいるみたいだ。

メイドに手を取られて、アレクシスが待っている隣の部屋へ戻る。

「フレイヤ様のお支度が整いました」

こちらを振り向いたアレクシスは、黄金色の双眸を見開いた。

彼に変だと思われないだろうか。どきどきしたフレイヤは臆しそうになるけれど、必死に薄い笑みを保って胸を張る。

傍に歩み寄ってきたアレクシスが、メイドからフレイヤの手を掬い上げる。

彼の眼差しはまっすぐにフレイヤに注がれていた。

「どうかしら……。似合ってる？」

「とてもよく似合っている。素晴らしい美しさだ」

力強く述べる台詞に、こちらが恥ずかしくなる。

アレクシスの黄金色の瞳がきらきらしている。その輝きに、フレイヤのほうが目を奪われた。

手を引かれ、ふたりは部屋の中央に進み出る。

アレクシスの右手が、フレイヤの腰に回されて、ふたりは自然にホールドを組む。

「踊ろう。俺の腕の中にずっといてくれ」

頷いたフレイヤは、彼とともにステップを踏んだ。

ダンスは貴族の令嬢の嗜みとして習得しているし、将来の王妃となるべく、教師からも厳しい指導を受けていた。

これまではきつい練習でしかないダンスだったけれど、アレクシスのリードで踊ると、足が軽やかに動き、どきどきと胸が弾む。

楽しいなんて感じたのは初めてだった。

ゆったりしたワルツの調べが耳に届くような気がした。

ターンすると、ドレスのフリルがふわりと踊る。

「あなたと一緒にいると、心が弾むわ」

「俺もだ」

「でも、どきどきするだけじゃなくて、安らかさも感じるの。どうしてかしらね」

「俺も同じ気持ちだが、その感情の答えを俺はもう知っている」

「え……なにかしら？」

つい問いかけてしまったフレイヤは、期待と同時に一抹の不安も覚える。

もしかして、好き……だから？

その答えを聞いてはいけない気がする。

だって、フレイヤは彼を利用しているのだ。

これまではアレクシスのほうもフレイヤを利用しているからと思い、お互い様だということにしていたが、それは自分への免罪符かもしれない。

もしかして、アレクシスがフレイヤのことを本気で好きだとしたら、どう受け止めてよいのかわからなかった。彼を利用していることの罪悪感で押し潰されそうになる。

どうか、好きだからなんて言わないでほしい。

自分は悪役令嬢なのだから、彼にふさわしくない。こんな自分が愛されるはずがない。

アレクシスに惹かれそうになる気持ちを抑えて、フレイヤは自らにそう言い聞かせた。

そして、咄嗟に悪役令嬢らしい台詞を口にする。

「好きだからなんて言わないでちょうだいね。私たちは契約のためだけの関係なんだから、恋愛感情なんて必要ないわ」

つんとした態度でそう言ってから、フレイヤは心の底で激しく落ち込む。

本当はそんなことを言いたくなかったのだが、この世界での自分の役割を考えたら仕方なかった。

どうかアレクシスに「そのとおりだ」と言ってほしい。

だけどそう告げられたとしてもショックを受ける自分がいる。どのように言われても、結局は傷つき、困ることになる。

私はなんて身勝手なのかしら……。だから誰にも愛されないのね……。

ホールドを組んで踊り続けているので、彼の顔は見えない。顔を上げるのが恐かった。きっとアレクシスは呆れているだろうから。

だが頭上から、フッと笑いが零れる。

「そうか。それなら『好き』とは言わないでおこう」

「……ええ、そうね」

「ただし、今はな」

「えっ？」

思わずフレイヤは顔を上げる。そこには柔らかく微笑みかけているアレクシスがいた。いつものように、口端を引き上げた悪い男の笑みを浮かべているかと思いきや、優しい表情に戸惑いを覚える。

まるで愛しい者を見守っているみたいだ。

今は、ということは、いずれ時が来たら『好き』と言うつもりなのだろうか。

彼が自分を好きなわけがないのに、愛されるわけがないのに、思い違いをしそうになってしまう。

すっと身を屈めたアレクシスに、キスされる。

ほんの一瞬だけの掠めるようなくちづけは、小鳥が啄むかのように優しくて、淡い驚きに満ちていた。

「あっ……」

ぱちぱちと睫毛を瞬かせるものの、ふたりが描く円舞は止まらない。

「安心してくれ。夜会ではキスしない。淑女に対して不躾だからな」

「当たり前よ……もう。今だけよ」

「今だけか。じゃあ、もう一度キスしようかな」

「ふふ。もうだめ」

くすくすと笑い合いながら、ふたりは優雅なステップを踏んでいく。

この時間が永遠に続けばいいのに。

そう願いながら、フレイヤは彼のてのひらから伝わる熱を、その身に刻みつけた。

数日後、乗馬服に着替えたフレイヤは鏡の前に立った。

ツイードのジャケットに、ドレッシーな黒の乗馬用スカート、そして革のブーツを履いている。

女性の乗馬はスカートで横乗りというスタイルが、ヴァルキリア王国では主流である。いわゆるライディングハビットと呼ばれる服装で騎乗するのが、貴族の女性の嗜みとされていた。

まとめた髪に、黒の猟騎帽を被る。

そうすると支度が完成した。

今日はアレクシスと遠乗りに出かける予定だ。王都から少し離れた郊外にある森の中に、美しい泉があるから見に行こうと誘われた。

外出しても大丈夫か心配ではあるが、もとから禁止されてはいないし、郊外に行くので誰にも会わないだろう。外出自体が久しぶりなので、乗馬できるのは楽しみにしていた。

顔を綻ばせていたそのとき、部屋の扉がノックされる。

「支度はできたか?」

アレクシスが入ってきたので、フレイヤは衣装部屋から出た。

「ええ、できた……わ」

彼の姿を目にしたフレイヤは呆然とする。

濃紺のジャケットと、クリーム色のスリムな乗馬用ズボンという初めて見る装いが新鮮に目に映る。さらに長い脚に履いたロングブーツが彼のスタイルのよさを際立てた。

いつもの団服姿も格好いいが、よりいっそう彼が輝いて見えるのはなぜだろう。

あ、あら？　アレクシスはこんなに素敵だったかしら……。

どきどきと胸を弾ませたフレイヤは平静を保とうとするものの、彼から目を離せない。

優美な笑みを浮かべたアレクシスは、革手袋をつけたてのひらを掲げた。

「フレイヤにいい知らせがあるぞ」

「なにかしら？」

彼の後ろから部屋に入ってきたのは、セラだった。

セラは銀色の盆に載せた封書を捧げる。

「フレイヤ様に、オーディン王からのお返事が届きました」

「まあ！　陛下がお返事を書いてくださったのね」

まさか返事がもらえるとは思っていなかったので、喜びが溢れる。

封書を手に取り、ペーパーナイフで封を切る。

どきどきしながら手紙を開くと、そこには達筆な文字が綴られていた。

内容は、自身の病状がよくなったこと、フレイヤの身を案じることなど、王の優しさが身に染みるものだった。

そして、アレクシスとの婚約と同時に、ロキがフレイヤに宣言した処刑と幽閉を、王の権限により正式に撤回するとの旨が書かれていた。

その言葉を目にしたフレイヤは、心から安堵する。

やはり王はフレイヤに心を砕いてくれているのだ。処刑が撤回されるとの通達により、心配事の種は完全に消滅した。

深く長い息を吐いたフレイヤの傍で、見守っていたアレクシスが声をかける。

「王からの手紙は、よい内容だったようだな」

「ええ、そうなの。私の処刑と幽閉が撤回されたわ。陛下の病気もよくなったんですって」

手紙を差し出すと、受け取った彼は熟読する。

読み終えたアレクシスは微笑を浮かべた。

「よかった。王はフレイヤに起こった悲劇を嘆いていたし、ロキのしたことを愚かだとも言っていた。この結果はとても喜ばしいものだ」

「もしかして、アレクシスが陛下にかけ合ってくれたの？」

「俺はなにも。あくまでも王の判断だ」

彼は謙遜するが、アレクシスがオーディン王に話してくれたからこそ、婚約が成立したのだ。処刑と幽閉を撤回するための婚約とはいえ、アレクシスの力添えがなかったら、フレイヤはずっと虜囚のままだったろう。

「ありがとう。私の心配事がなくなったのは、あなたのおかげだわ」

礼を述べると、はにかんだ笑みを見せたアレクシスが、畳んだ手紙を盆に戻す。

銀色の盆を慇懃に掲げたセラは一礼すると、退出した。

「俺は、フレイヤの笑顔が見たいだけだ。そのためならどんな敵をも打ち倒し、地の果てまでおまえを救いに行く」

情熱的な台詞に、かぁっと顔が熱くなる。

彼がそれほどフレイヤを想ってくれているなんて、知らずにいた。少し前の自分だったら、きっと彼の言葉を素直に受け入れられなかったろう。

今も、彼に愛されるような存在だと自分を認めることができないでいる。

だけど、アレクシスの真心には裏がないのだと信じたい。

彼を疑うようなことをしたくないと、フレイヤは思い始めていた。

「そうなのね……。でも大丈夫よ。さらわれて地の果てに閉じ込められるなんてことにはならないわ」

「俺はどこまでだろうと行く。俺の相棒を紹介しよう。あいつは戦場でも決して臆さない名馬だ」

アレクシスに手を取られて部屋を出る。

遠乗りのための準備は整っていた。

壮麗なホールから屋敷の外へ出て、厩舎《きゅうしゃ》へ向かう。

厩舎からは馬のいななきが聞こえた。屋敷では何頭もの馬が飼育されている。その中にはアレクシスが戦場で騎乗する馬がいるのだ。

厩舎に辿り着くと、そこにはすでに従者が二頭の馬を引いて待っていた。

そのうちの一頭はとてつもなく巨体の漆黒の馬で、貫禄が滲み出ている。

「こいつはラグナロク。幾度も戦場をくぐり抜けた俺の相棒だ」

アレクシスは、ラグナロクと名づけられた漆黒の馬の頸《くび》を撫でる。

ラグナロクは黒い瞳で、初めて見るフレイヤを、じっくりとうかがっていた。警戒心が強いため、初対面の相手を見定めているのだ。

「とても大きいのね。こんなに素晴らしい馬は初めて見たわ」

「ラグナロクはプライドが高くて気性が激しいから、主人を選ぶ。今のところは俺しか乗れない」

次にアレクシスはもう一頭の白馬を紹介する。

「こちらは、マーニだ。戦場で騎乗する馬ではないが、気性が穏やかで忠実なので女性が乗るのに適している」

フレイヤが騎乗するのは白馬のマーニのほうだ。

マーニは優しい目をして、尻尾を振っていた。かなり人懐っこい性格のようで、フレイヤを見ても警戒心を抱いていない。

「よろしくね、マーニ」

フレイヤが名前を呼んで挨拶すると、マーニは前脚と後ろ脚を折り、体を屈めた。フレイヤが乗りやすいように、座ってくれたのだ。本来、騎乗するとき馬は立ったままで、人間が鐙《あぶみ》を足がかりにして乗るため、このような体勢をしてくれるのはとても賢い馬である。

鞍に腰を下ろすと、マーニは立ち上がった。純白のたてがみは艶めいている。フレイヤは手綱をしっかり握った。

アレクシスも鐙に足をかけて、ひらりと騎乗する。ラグナロクは後ろ脚を蹴り、主人からの合図を待っている。

従者と並んだセラが馬から少し離れたところで見送りをする。

ラグナロクの手綱を取ったアレクシスが、彼らに声をかけた。

「では、行ってくる。留守を頼んだぞ」

「留守をお預かりいたします。なにかありましたらお知らせします」

セラは慇懃に頭を下げた。

アレクシスが馬腹を蹴ると、愛馬は歩を進める。

フレイヤもあとに続き、マーニはゆっくり歩き出す。

ふたりを乗せた馬は門をくぐり、城下町を横に見ながら街道を進む。

やがて辺りには緑が広がってきた。

遠くの山並みが緩やかな稜線を描いている。降り注ぐ陽射しは柔らかくて暖かい。吹き抜ける風は爽やかで心地よかった。

マーニはラグナロクのあとをぴったりとついていく。戦場では誰よりも雄々しく駆けるラグナロクなのだろうが、今は遠乗りのため、アレクシスの指示どおりにゆったりと走っている。

そのとき、手綱を操ったアレクシスが歩を緩めて、フレイヤの隣に馬身をつけてきた。

「疲れないか？」

「ええ、平気よ」

「今から行くノルンの森の泉には、妖精が棲んでいるという伝説がある。俺は見たことがないが、妖精に会えるといいことが起こるらしい」

「妖精の伝説は聞いたことがあるわ。でも悪さをする妖精もいるから、善と悪のどちらの妖精に会えるかは運みたいなのよね」

ヴァルキリア王国には聖女や妖精に限らず、多くの神秘的な伝説がある。ノルンの森だけでなく、妖精が現れるという噂は各地に点在していた。

だけど妖精に遭遇して、いいことが起こったという人もいるし、逆に妖精に悪さをされて怪我をしたという話もある。

子どもの頃から聞かされるお伽話の類いだとフレイヤは思っている。もちろんフレイヤ

自身は妖精を目撃したことはない。

アレクシスは漆黒の猟騎帽から覗く黒髪をなびかせて、微笑んだ。

「俺が善のほうの妖精を呼ぼう」

「妖精を見たことがないのに？」

「今日、初めて見ることになる。俺たちふたりにいいことがあるようにな」

彼の台詞に、ふわりとフレイヤの胸が綻ぶ。

アレクシスはいつだって輝かしい未来を見据えている。前向きな彼が眩しく見えた。

それに彼は『俺たちふたり』と言ってくれる。

ふたりは形ばかりの婚約者ではないのが、ほんの小さなことからうかがい知れた。

私たちは、運命をともにする間柄なのね……。

まだ婚約者になった実感は薄いけれど、アレクシスとこれから良好な関係を築いていけたらいいと思える。

「そうよね。私たちふたりで、妖精を見られたらいいわね」

素直な気持ちを返すと、アレクシスは嬉しそうに双眸を細める。

ふたりは順調に馬を走らせ、やがて郊外にあるノルンの森に辿り着いた。

優しい陽射しが降る小道を進む。マーニの純白のたてがみに、美しい木漏れ日のレリーフが描かれていた。

時折、鳥のさえずりが耳に届く。誰もいない森は静謐《せいひつ》に佇んでいる。

森の奥へ行くと、水の香りが漂ってきた。

目の前に広がる光景に、フレイヤは息を呑む。

「わあ……なんて素敵なところなの！」

木々に囲まれている泉は、陽射しを受けてきらきらと光り輝いていた。

エメラルドグリーンの神秘的な水面は澄み渡っている。

まるで神々が水浴びをするような美しいところだ。

下馬したふたりは、ラグナロクとマーニに泉の水を飲ませた。二頭は頸を垂れて美味そうに喉を鳴らす。

猟騎帽を脱いだフレイヤの前髪が、さらりと風に泳いだ。

アレクシスの隣に立ち、ともに泉を眺める。

「気に入ってくれたか？」

「ええ、とっても。神々の世界にいるみたいに綺麗なところだわ」

「そうだな。俺はよく遠乗りでここまで来るんだが、今日は一段と美しく見える」

美しいのは泉のはずなのに、彼がこちらを見て言うものだから、どきんと胸が弾んでしまう。

なんだか、フレイヤが美しく見えると言っているように聞こえた。

そんなわけはないのに、黄金色の瞳に見つめられると、どきどきと胸が高鳴ってしまう。

身を屈めたアレクシスの前髪が落ちかかり、フレイヤの顔を陽射しから覆い隠すように影を作った。

唇が触れそうになった、そのとき。

ばしゃりと音がして、頭から冷たいものがかけられる。

「きゃ……！」

突然のことに驚いたフレイヤは身を引いた。

アレクシスはずぶ濡れになり、黒髪から雫を滴らせている。彼の背後にいたラグナロクが、口に含んだ水を放ったのだ。ブルル……と鳴いたラグナロクは頸を振って水を飛ばしている。

「……おい、ラグナロク。なんのつもりだ」

濡れた前髪を掻き上げたアレクシスが睨みつけるが、ラグナロクは知らんぷりしていた。

可愛らしい悪戯に、フレイヤは弾けるように笑う。

「あはは！　アレクシスったら、ずぶ濡れよ」

「フレイヤもな。まったく……こいつの悪戯には困ったものだ」

嘆息を零したアレクシスは潔く上着を脱いだ。頭から水をかけられたので、彼の上着は濡れている。

フレイヤはアレクシスに遮られていたので、さほどでもないが、髪と首回りが濡れていた。

木の股に上着や猟騎帽を並べて干したアレクシスは、こちらに手を差し出す。

「乾かそう。フレイヤの上着も貸してくれ」

「わかったわ」

ツイードのジャケットを脱ぎ、アレクシスに手渡す。

ジャケットを木に広げた彼は、あろうことかシャツとズボンも脱ぎ始めた。

全裸になってすべての服を乾かそうとするアレクシスから、フレイヤは慌てて目を逸らす。

「ちょっと、なんで全部脱ぐの⁉」

「せっかくだから泳ごうと思ってな」

強靱な肉体をさらした彼は、ざぶりと泉に飛び込む。

射し込んでいる陽光が水面をきらきらと輝かせていた。

アレクシスが水を掻くたびに、宝石みたいに水飛沫が煌めく。フレイヤは目を細めて、気持ちよさげに泳ぐアレクシスを眺めた。

「ふふ。楽しそう」

水面から顔を出したアレクシスが、こちらに向けて手を振る。

フレイヤは微笑みながら、手を振り返した。

死神王子と呼ばれて畏怖される存在の彼が、こんなに無邪気な一面を見せるなんて意外だった。きっとアレクシスのこんな姿を知っているのは、自分だけではないだろうか。

華麗な泳ぎを披露したアレクシスは悠々と向こう岸へ辿り着くと、フレイヤのいるほうへ戻ってくる。

「フレイヤも泳がないか？　水が冷たくて気持ちいいぞ」

「そうね……」

ここには、ふたりきり。ほかの誰もいない。

開放感を求めたフレイヤはスカートを脱ぐ。

ドロワーズなどの下着も脱いで、アレクシスの服が干してある隣にかけた。

ところが眩しそうにこちらを見つめているアレクシスと目が合い、羞恥が湧き上がる。

背中を向けたフレイヤのほつれた髪を、さらりと風がさらった。

「恥ずかしいから、見ないで」

「もう散々見ているわけだが……」

「それでも明るいところで見られるのは恥ずかしいのよ」

「わかった。美しい肌が見られないのは残念だが、礼儀として目を逸らしておくとしよう」

笑みを刷いたアレクシスは、ゆったりと水を掻きながら、木々に目を向けた。

その隙にフレイヤは水面に足をつける。

ひんやりして気持ちがいい。肩まで浸かると、ふわりと体が水に包まれた。冷たすぎず、かといって温かすぎない水温なので心地よい。

「気持ちいい……」

悦に浸ってつぶやくと、アレクシスが肩に腕を回してくる。

「一緒に泳ごう。水泳はできるか？」

「できないわ。泳いだことがないのよ」

貴族の令嬢は川遊びなどしないため、水泳はしたことがない。転生前に泳いだ経験はあると思うが、もうおぼろげな記憶だった。

「俺に摑まっていろ。足がつかなくても慌てるな」

剛健な肩に摑まったフレイヤは身を任せる。

アレクシスが水を搔くと、ぐんぐん進んだ。彼の泳ぎは安定していて頼もしい。

フレイヤを背に乗せるような形で泳ぐと、瞬く間に泉の向こう岸に着いてしまった。

「恐くないか？」

「平気よ。泳ぐのって、すごく気持ちいいのね」

「それじゃあ、もう一度だ」

再び彼の肩に摑まり、まるでつがいの魚のように泳ぐ。

密着したアレクシスの体が躍動しているのを感じた。泉はどこまでも澄みきっていて、水面の底まで見通せる。

木立に囲まれた泉は静寂に包まれていた。

アレクシスが水を掻いているわずかな音だけが耳に届く。

やがて泉の端に辿り着く。マーニとラグナロクがいる岸辺からは離れているが、二頭が休んでいる姿は見えた。

水底に足がついたので、フレイヤは一息つく。

こちらの岸辺は浅瀬になっており、フレイヤの腰くらいまでしか水深がない。

「ふう……」

空を仰いで、長い髪を掻き上げる。

結っていたのだけれど、泳いでいる間にほどけてしまった。

スカーレットの濡れた髪が、透明な雫を滴らせる。

それを目に映していたアレクシスの喉仏が上下した。

彼はゆっくりと細い腰に手を回して引き寄せる。

まるで、子猫を怯えさせないかのように。

「綺麗だ」

低い声でつぶやかれたその言葉は、愛の告白みたいに艶めいている。

ふと顔を上げたフレイヤは、ひたむきに見つめてくる黄金色の瞳に魅入られた。

陽光を受けて煌めいている双眸は、稀少な宝玉のよう。

「……あなたの瞳も、とても綺麗だわ」

惹かれ合う唇が、そっと重ねられる。

くちづけはまろやかで、とてつもなく甘美だった。

触れ合う肌が官能の火を点《とも》す。

水に浸かって冷えた肌は、アレクシスが触れているところだけ、たまらなく熱い。

それは心地よい熱だった。

くちづけが解かれると、真摯な双眸に射貫かれる。

「抱きたい。いいか？」

情欲が宿った瞳に囚われたフレイヤは、こくりと頷いた。

外で抱き合うなんて初めてだけれど、彼の情熱を受け止めたいという気持ちが芽生えていた。それに、フレイヤ自身もこのままでは昂りが収まりそうにない。

ふたりは本能のままに濃密な愛撫を始める。

ぴたりと体を密着させて互いの肌に触れ、貪るようなくちづけを交わす。

大きなてのひらがフレイヤの肌を余すことなく撫で回す。フレイヤも夢中で強靱な背や肩に触れた。アレクシスの肉体はどこもかしこも硬い筋肉に覆われていて、鋼のようだ。

やがて雄々しい唇が首筋を伝い下りていく。

チュッ、チュッと吸いついてくる唇は、所有の徴を刻んでいった。

熱い唇が触れるたびに、淡い官能が湧き上がってくる。

「ん、ん……あん……」

胸の紅い尖りが口中に含まれる。

両の膨らみを大きな手に包まれ、揉み込まれながら、ねっとりと乳首を舐めしゃぶられた。

甘美な愉悦が体中を駆け巡り、天を仰ぐ。

そよ風が吹き抜けて、火照った頬を撫でていった。

自然の中で愛し合うのがこんなにも開放感を得られるなんて、知らなかった。

愛撫に応えるように漆黒の髪に手で触れると、彼は片手を水中に潜らせる。

水の中にたゆたう秘所をまさぐられ、秘裂を指先でなぞられる。蜜液で濡れている花襞が容易に開く。

優しく蜜口を押した指が、つぷりと挿入された。

「あっ……あぁ……」

「濡れているな」

ずっぷりと太い指を咥え込んだ花筒が、きゅううっと収斂する。

体に甘い芯が突き入れられて、覚えのある快感が込み上げてきた。

ゆっくりと指を抽挿されて、濡れた媚肉が擦り上げられる。そうされながら、乳首を執拗に愛撫された。

乳暈ごと温かい口の中に含まれて、舌を絡められ捏ねられる。

チュウッと強く吸い上げられると、びりっとした悦楽が走った。

「あんっ、んん……」

「ここには俺たちしかいない。思う存分、声を上げるといい」

「あ……そんな……」

アレクシスに聞かれるのが恥ずかしくて、淫らな声を上げるのは憚られる。

だけどこの淫戯を耐えるなんて、できそうになかった。

淫らに腰を震わせていると、もう片方の乳首も口中で愛でられる。

ねっぷりと舐めしゃぶられるたびに、指を咥えている蜜洞がきつく引きしまる。

彼の手が水中で淫らに動くと、パシャパシャと水音が撥ねる。ぐっしょり濡れている蜜洞は、ヌプヌプと淫靡な沼と化して、指の往復を滑らかにする。

「あっ、あっ、あん、はぁ……っ」

指だけでは足りない。

もっと太いもので、奥まで突いてほしい。

淫蕩な願いが脳裏に浮かび、快感に追い立てられていく。

そのとき、挿し入れられた指が、くいっと折り曲げられた。

感じるところを擦り上げられ、下腹に強烈な疼きがもたらされる。

「あぁっ、あ、そこ、だめ……っ、あっ、ん、いく……」

がくがくと腰を震わせながら、背を反らせる。そうすると、もっとというように胸が突き出された。

淫らな体の動きに合わせて水面が大きく揺らぎ、ばしゃりと水が跳ね上がる。

凄絶な悦楽が脳天まで突き抜ける。

ジュッ……と、きつく乳首を吸い上げられて、魂が忘我の淵へ飛翔する。

「あっ、あぁ……んぁ――……」

頂点に達したまま、下りてこられない。

挿し入れられた指を、媚肉はきゅうきゅうに引き絞っている。アレクシスはきつく張りつめた乳首を、ねっとりと舌で捏ね回していた。

フレイヤは頑健な肩にしがみついたまま、天を仰いで、長い愉悦を味わう。

やがて急激に体が重くなり、がくりと厚い胸板にもたれかかる。

はぁはぁと荒い息をついていると、ようやく愛撫をやめたアレクシスの腕に支えられた。

「達したな。気持ちよかったか？」

「ん……きもちい……」

舌足らずに答えるフレイヤの脚は、子鹿のごとく震えていた。

体には甘い気怠さが残っている。

だけど、自分だけ達するのはなんだか寂しい気がした。

彼にも気持ちよくなってもらいたい。それに彼を翻弄してみたいという思いがあった。

顔を上げると、くちづけが降ってくる。

チュ、チュと小鳥が啄むようなキスの合間に、フレイヤは願いを口にする。

「ねえ、私も……あなたを気持ちよくしてあげたいの」

彼の雄芯はすでに漲っている。

はしたないかもしれないけれど、腰に触れている熱い肉棒にそっと手でさわってみた。

すると、アレクシスは驚いたように軽く目を瞠る。

「いいのか？　無理しなくていいんだぞ」

「無理はしていないわ。私ばかり気持ちよくなるのは、なんだか悔しいから」

悪女らしく負けん気を見せてしまうものの、彼を気持ちよくさせたいという想いは本当だった。

とはいえ、今まではアレクシスに愛されるばかりで、こちらから積極的に仕掛けたことなんてない。

でも、男性だって雄芯を口淫されたら気持ちいいわよね……。

獰猛な楔に惹かれるように身を屈める。

するとアレクシスが、濡れているスカーレットの髪を優しく掻き上げた。

「それなら、やってみてくれ。やり方はわかるか？」

「なんとなく……」

「手で扱《しご》きながら、舌で舐めてみるんだ」

水の中に身を浸すと、猛った楔の根元が水面から覗いていた。

根元にそっと両手を添えて、ゆっくりと上下に扱く。初めて雄芯に触れたが、火傷しそうに熱くて、硬いのに柔らかいという弾力が不思議な感触だ。

そうして愛撫しながら、つるりとした先端を舌で舐めてみた。

ぴくんと雄芯が反応して、頭上からアレクシスの吐息が零れる。どうやら気持ちよくなってくれているようだ。

嬉しくなったフレイヤは、いっそう熱心に口淫する。

彼がいつもそうしてくれるように、ねっとりと舌を這わせた。

先端から裏筋を舐め下ろし、ぬるりと幹を舐め上げていく。括れを丁寧に舐り、艶やかな亀頭を口中に含む。

極太の楔はまるで芸術品のごとく美しくて、口に含むのに抵抗感はまったくなかった。

笠が張った先端はとても大きくて、フレイヤは口いっぱいに頬張る。

「あぁ……すごくいい」

吐息を漏らすアレクシスに、髪を撫でられる。

フレイヤは雄芯に舌を絡ませ、ジュプジュプと唇で扱いた。

熱い粘膜に頬裏を擦られる感触が心地よくて、自らも昂ってしまう。じいんと下腹が疼き、蜜壺は愛液を滲ませた。

大きくてすべては呑み込みきれないけれど、ぐっと喉奥まで愛しい楔を咥える。頭を振って、蜜壺で雄芯を擦るように出し挿れする。

水面を揺らしながら夢中で口淫していると、不意にアレクシスが肩を軽く押してきた。

「もういい。離せ」

「んく……や……」

彼はまだ達していない。いつも彼はフレイヤが達してもなお愛撫を続けているのに、ここで口淫をやめたら中途半端な状態になってしまう。

達するまでやめたくない。アレクシスに最後まで気持ちよくなってほしい。そして口の中に精を放ってほしかった。

彼だってフレイヤの愛液を啜《すす》ってくれるのだから、それはなにもおかしいことではないのだ。

愛し合う者同士は、キスをして、口淫をして、互いの体液を交換する。

だからアレクシスの体液を飲みたいと思った。

それなのに、懸命に口淫を続けるフレイヤの肩を、焦ったようにアレクシスは掴む。

「待て、もう、出るぞ」

「んっ、ん」

彼はやめさせようとはするものの、本気で拒絶しているわけではないとわかった。なぜならフレイヤの肩を掴んでいる大きな手が、包み込むようだったから。

本当に嫌なら引き剝がしているはずだ。アレクシスの腕力なら、フレイヤを突き飛ばすのなんて容易である。

私の愛撫で達してほしい……。

その一心で、フレイヤは楔を愛でる。喉奥で先端を突き、頬裏の粘膜で幹を擦り上げる。

頭上で呻き声が聞こえたとき、ぶわりと雄芯が膨れ上がる。

だが、あまりにも勢いよく飛沫が迸ったため、口から外れてしまった。

「あっ……」

熱い飛沫が顔に撥ねる。

とろりとした白濁は、フレイヤの頰を滴り落ちた。

呆然としていると、大きな手が頰を包み込む。

黄金色の双眸が眩しげに細められた。

「俺の精で穢れたおまえは最高に美しい」

彼の仄かな独占欲が身に染みて、恍惚とする。

何度もアレクシスの精を胎内で受け止めているけれど、口に含むのは格別の高揚感が湧いた。

「でも……あなたの精を飲めなかったわ。あなたはいつも私のを飲んでくれるから、それを返したかったのに、うまくできなかった……」

目を伏せていると、身を屈めたアレクシスが目線を合わせてくる。ふたりは肩まで水に浸かった。

彼は泉の水を手で汲むと、フレイヤの顔を静かに洗う。水に溶けて、濃厚な白濁が流れ落ちていく。

「フレイヤのその気持ちが嬉しい。俺を思いやってくれるのは、おまえだけだ。だから気に病む必要はない」

「アレクシス……」

「俺のことが、好きか?」

唐突に訊ねられて、答えに窮する。

彼に惹かれている自分がいるのは自覚している。だけど、それを率直に口にしてよいものか迷いが生じた。

だって私は、悪役令嬢なのに……。

彼とは便宜上の婚約者であり、心から愛し合っているわけではない。それなのに、好きになっていいのか。やはり、以前のように婚約破棄されて裏切られるのではないか。

様々な想いが巡り、彼の眼差しから目を逸らす。

すると、力強い声が降ってきた。

「俺は、おまえを愛している」

「……え？」

思わず彼の顔を見やる。

真摯な双眸に射貫かれて、とくりとくりと胸が高鳴る。

私を愛しているって……アレクシスは言ったの？

信じられない思いだった。悪女の自分が愛されるはずなんてない。それなのに、彼はどこまでもまっすぐにフレイヤを見つめて、真剣に想いを告げてくる。

彼の想いに応えられない。

フレイヤは処刑を免れるために、アレクシスを利用しているのだ。そのことへの罪悪感はもう、身に背負いきれないほど膨らんでいた。

それは、彼が本気でフレイヤを愛しているということに気づいたから。

そしてフレイヤも、アレクシスを好きになってしまった。

「私は……」

唇が震える。

風が吹き、水面に波紋が描かれた。

フレイヤの瞳が揺れているのを目にしたアレクシスは、柔らかい笑みを浮かべる。

「無理に言わせるつもりはない。そんなことに意味はないからな」

「そう……そうね」

「だが、俺に抱かれているのは嫌々というわけではないんだろう？」

「そんなわけないわ。嫌いな人になんて、嫌々でも抱かれないわよ」

もはや気持ちを告げているのも同然だったが、嫌でないことは明確にしたかった。

そもそもアレクシスは端麗な顔立ちで、鍛え上げられた美麗な肉体なのだから、彼に抱かれたくない女性なんていないのではないか。

安堵したように双眸を細めたアレクシスは、濡れた頬を優しく撫で下ろす。

「それを聞いて安心した」

「あなたも不安になることなんてあるのね」

「当たり前だろう。好きな女にどう思われているか、気にならない男なんていない」

ぎゅっと抱きしめられて、強靱な肩に顔を埋《うず》める。

彼のくれる言葉のひとつひとつが、どうしようもなく胸をときめかせた。

そのとき、硬い楔が下腹に当たっているのを感じる。

かぁっとフレイヤの顔が熱くなる。

放ったばかりなのに、彼の雄芯は力を失っていない。アレクシスは興奮しているのだ。

そのことが嬉しくて、彼とひとつになりたいという欲求が頭をもたげる。

「あの……アレクシス……あなたのものが……」

羞恥を覚えながらも口にすると、アレクシスは耳元に囁く。

「ここで抱いてもいいか？」

「うん……私も、したい」

小さな声で願いを伝えると、軽く耳朶を食《は》まれる。

快感を得た体が、ぴくんと跳ねた。

抱き合いながら立ち上がると、アレクシスは岸辺に導く。

「ここに手をついてくれ」

「こうかしら」

言われたとおりに縁に手をつく。岸辺は草が生えているので柔らかい感触だ。

この体勢でどうするのだろうと思ったが、アレクシスは背を向けているフレイヤの背後に回る。

腰を取られると、浮力で脚が浮き上がった。

「きゃ……！」

慌てたフレイヤは肘をついて体を支える。

水深はちょうど腰くらいなので、この格好では足先がつかないくらいだ。

さらされた秘所が空気に触れているのがわかるが、首を巡らせないと背後は見えない。

「そのまま、しっかり摑まっているんだぞ」

「わ、わかったけど……あっ……」

ぬるりと秘所に生温かいものが触れる。

それはアレクシスの舌だった。

彼は水に濡れた花襞を、チュプチュプと舐めしゃぶっている。

見えないので感触でしかわからず、より快感を得られる気がした。

「あぁ……あん……はぁ……ん」

丹念に花襞を舐め上げると、蜜口に舌を挿し入れる。

すでに濃密な愛撫によって達しているため、綻んでいる壺口は易々と獰猛な舌を咥え込んだ。

ぬくぬくと舌を出し挿れされると、さらに奥から愛蜜が滲んでくる。

気持ちいいのに、切ない疼きが下腹に溜まってしまい、焦燥感が迫り上がる。

「あ、あぅ……もう……」

もう充分に濡れている。早く彼の極太の雄芯を挿入して、思いきり奥まで突いてほしい。

そんな猥《みだ》りがましい願いが口を衝いて出そうになり、理性の一片が制止する。

クチュクチュと淫猥な音色が静かな木立に響く。

鼓膜に吹き込まれるその音にも、官能が掻き立てられた。

「もう、ほしいのか？」

「んっ、ん、ほしい……アレクシスを、ちょうだい……」

体中を駆け巡る悦楽に、フレイヤは陥落する。

普段なら、はしたない台詞は言えないけれど、屋外での開放感から積極的になれていた。

ところがアレクシスは、すぐに雄芯を挿入しようとはしない。

彼はいっそう熱心に蜜口に舌を這わせて舐めほぐす。

「もう少し待て。もっとほぐしてからだ」

「あっ、あ、そんなぁ……はぁ、ん」

甘く掠れた声が上がってしまう。

なんて意地悪なのだろう。アレクシスは強引で傲慢で、悪辣な男だ。

でも、どうしても惹かれてしまう。

彼に縋りついて翻弄されたいという願望が胸のうちから湧き上がる。

ぐずぐずに蕩けた体は、極太の楔で貫かれることだけを望んでいた。

快感に溺れたフレイヤは淫らに腰を動かす。男の舌を咥え込んだ蜜口からは、とろとろと愛液が滴った。それをアレクシスはためらいもなく啜り取る。

「あっ、あっ、あんん……んぁ――……っ……」

凄絶な快感に襲われて、溜め込んだ欲の塊が弾け飛ぶ。

ぶわりと膨れ上がった体内の甘い水が、しっとりと身に染み込んでいく心地よさに浸る。

彼の与える快楽は極上で、途方もなく耽美だった。

ぐったりと草むらに突っ伏したフレイヤは、はぁはぁと息をつく。

ようやく秘所から唇を離したアレクシスは身を起こす。

「達したな。俺も、もう限界だ。挿れるぞ」

「あっ……待って、いってる、から……」

「待たない」

猛った男根が、ずぶ濡れの秘所に押し当てられる。

達したばかりの体は喜悦に浸っているものの、さらなる快楽を求めようとする。

ようやく待ち望んだものが与えられる――。

その期待に胸が膨らむ。

フレイヤは背を反らし、大きく脚を開いて、剛直を待ち受ける。

蕩けた蜜口は、くちゅりと音を立てて、硬い切っ先を呑み込んだ。

いっぱいに壺口が押し広げられる感触に息を呑む。それは壮絶な愉悦の序章だった。

ずぶずぶと剛直が隘路を擦り上げていく。

濡れた粘膜を硬い肉棒で、ねっとりと舐られる感触は、最高の法悦をもたらす。

「あぁっ、あっ、あん――……っ、ん、ぁ……」

挿入されただけで達してしまい、純白の世界に没入する。

ずん、と最奥を突かれて、一際高いところへ連れていかれた。

「っく……すごい締めつけだ。感じるか？」

「あ……あん……感じる……」

ずっぷりと雄芯を咥え込んだ蜜洞が、きゅうっと引きしまる。

やわやわと締めつけながら、抽挿を促すかのように媚肉が蠕動《ぜんどう》した。

「おまえの花園は最高だ。淫らで美しくて……犯したくなる」

甘やかなのに凶暴な声が鼓膜に吹き込まれる。

それすらも官能をもたらして、楔を咥え込んだ体がぞくりと震えた。

ゆっくりと肉棒が引き抜かれ、亀頭が蜜口をぐちぐちと弄る。

浅いところを舐られるのは魂が飛ぶほどの悦楽を感じる。

「はぁっ……あぁん、そこ……」

甘い声を上げるフレイヤの脚が震えた。水に浸かっているため、水面が淫らな波紋を描く。

ヌプヌプと先端を出し挿れされると、綻んだ蜜口は美味そうにしゃぶっていた。

淫猥なその光景を、腰を持ったアレクシスは双眸を細めて見つめる。

「ここがいいか？　それとも——奥のほうがいいか？」

ずぶん、と一息に剛直が突き入れられる。

獰猛な切っ先が子宮口を抉り、甘い衝撃が脳天まで貫く。

「はぁんっ、あぅ、あ……っ、ど、どっちも、いい……」

視界に星が飛び散っている。快楽に塗《まみ》れた体は愛欲の沼から這い上がれず、極上の愉悦を貪ることしかできない。

アレクシスの与える快感に囚われ、媚肉で抱き込んだ男根の感触をひたすらに追う。

強靱な胸が背について、彼が覆い被さったのがわかった。

肌が密着したことにより、胸に安堵がもたらされる。

重い……けど、幸せ……。

鋼のような肉体は無論フレイヤを押し潰そうとはせず、加減をしていた。ぴたりとくっついたアレクシスは、まろやかな低い声を耳元に吹き込む。

「どっちもか。欲張りなおまえには、たっぷりくれてやる」

甘い誘いに胸が弾んでしまう。

最奥を突いている先端が、ぐっぐっと感じるところを抉る。

そうされると、至上の快楽が体中を駆け巡った。

「あっ、あん、あぁ……っ、いい……すごい……はぁっ……」

嬌声が木立に響き渡る。

グッチュグッチュと淫猥な抽挿が始められる。

熟れきった媚肉を執拗に擦り上げられていく。入り口から最奥まで、ねっとりと剛直に舐られて、最高の快感を味わわされる。

ずっぽりと愛しい楔を抱えた蜜洞は喜悦に戦慄《わなな》く。

アレクシスの荒々しい息と、逞しい腰の動きを肌で感じる。雄々しい男に征服される悦びで体中が満たされた。

パンパンと激しく腰が打ちつけられ、水面が波打つ。

肉棒を出し挿れされるたびに、ズチュズチュと淫靡な音色も鳴り響く。

快楽の波に揉まれた体は、出口を求めてさまよう。フレイヤの唇からは、ひっきりなしに甘い嬌声が紡がれた。

「あっ、あん、あ、はぁっ……い、いく……あぁん、あ、あっ……」

もうすでに体は達しているというのに、さらに極めることを望んでいる。

ずぶずぶに肉欲の沼に浸かり続ける心地よさは、ふたりだから紡ぎ出せる快感だった。

後ろからぎゅっとフレイヤの体を抱きしめたアレクシスは、切迫した息をつく。

「俺も、達しそうだ。一緒にいくぞ」

「ん、うん……っ」

ぐっと最奥まで楔を突き込まれる。

堅牢な腕の檻に囚われながら、頂点へ達した。

瞼の裏が白い紗《しゃ》に覆われる。きゅうっと蜜洞が引きしまり、雄芯の放出を促した。

子宮口にぴたりとくちづけた楔が爆《は》ぜ、濃厚な精が迸る。

しっとりと胎内が濡らされていく。

愛しい人の子種を受け止めたことに、フレイヤの心は深い情愛を感じた。

彼の子どもができたらいい。好きな人と結婚して、子を得られたなら最高の幸せだ。

その未来がある幸福を、フレイヤはようやく感じられた。

きつく抱きしめているアレクシスは、深い息をつく。

「好きだ」

重々しく告げられたその言葉が、気怠い身に染み込む。

ぼんやりしたフレイヤは、彼の告白に応えた。

「私も……」

それは睦言かもしれないけれど、身のうちから湧いた本音だった。

体のつながりだけではなく、フレイヤはアレクシスの心までをも好きになってしまった。

情熱が凪いだ泉のほとりには、風が揺らす葉の囁きしか聞こえない。

抱擁を解いたアレクシスとともに、岸辺に並んで寝そべる。草がクッションとなって、火照った体を受け止めた。ふたりの足先から、ぽたりと水が滴り落ちる。

木立に囲まれた空を見上げていると、アレクシスの腕が伸びてきて、腕枕をする。

「私の頭を支えて、重くない？」

「まったく。おまえの体は羽より軽い。もっと食べさせないと、折れそうだ」

そう言ってアレクシスは、空いたほうの手でするりと体を撫で下ろす。

まるで後戯のような戯れが心地よくて、フレイヤは微笑を浮かべた。

「ふふ。くすぐったいわ」

「いつでもおまえに触れていたい。離れていると、俺の心がざわめくんだ」

チュッとこめかみにくちづけられて、熱い唇に心が落ち着く。

行為のあとにこうしているのは安らぎをもたらした。

きっとそれも、アレクシスの優しさに甘えられるからだろうと思う。

彼は恐ろしい死神王子かもしれないが、優しい面もある。それは彼と接していて、よくわかった。なによりフレイヤを大切にしてくれる心遣いが嬉しい。

「私は……あなたと一緒にいると、ほっとするわ」

「そうか。その言葉をもらえるだけで、俺は救われる」

裸で寄り添うふたりを、そよ風が撫でていく。

火照った肌を宥める風が心地よかった。

穏やかな時間に身を浸していたとき、ふと水面に光るものを見つける。

「あら……あれはなにかしら？」

顔を上げたフレイヤに釣られて、アレクシスもそちらを見やる。

泉の中央に、きらりと輝く光の玉のようなものが浮かんでいる。それは弧を描いて、水面を踊るように動いていた。

光の悪戯にしては妙だ。まるで生き物みたいに見える。

フレイヤが目を凝らしたとき、光から小さな人型の生き物が現れた。

銀色の髪をなびかせ、透明な羽をはためかせたそれは、まごうことなき妖精だ。

「えっ――!?」

驚きの声を上げると、すうっと妖精は姿を消す。

あとには、きらきらと光る鱗粉が水面に撒かれる。

やがてそれも溶けて消えると、泉は静寂を取り戻す。何事もなかったかのように、風が水面に波紋を描いていた。

呆然としたフレイヤは、隣のアレクシスに目を向ける。

彼も驚いた様子でこちらを見た。

「今のはまさか、妖精か？」

「そうよね……。私にも見えたわ。小さくて、透明な羽がきらきら光っていた」

「俺が見たのも同じだ。髪は銀色だったな」

顔を見合わせたふたりは驚愕の表情になる。

まさか、本当に妖精に会えるなんて思わなかった。なんという僥倖《ぎょうこう》だろう。

「すごいわ！　妖精の伝説は本当だったのね」

「そうだな。フレイヤとふたりで見たのなら、白昼夢ではない。きっと俺たちにいいことが起こる前触れだ」

手を取り合ったふたりは奇跡に遭遇したことを喜び合う。

アレクシスは、善の妖精を呼ぶと言っていた。本当に妖精が現れるとは彼も思っていなかっただろうけれど、果たしてあの妖精は善なのか悪なのか。

これからふたりに訪れるのは幸せか苦難かはわからない。

だけどアレクシスとなら、なにがあっても乗り越えられると思えた。

「そうね。きっと、いいことが起こるんだわ……」

フレイヤは悪役令嬢という立場ゆえ、これまでは不遇だった。

だがアレクシスとなら、幸せな人生を歩める気がする。

私は、幸福になれるのかしら……？

アレクシスについていきたい。純粋な想いが胸の奥から湧いてくる。

抱き合ったふたりを、柔らかな木漏れ日が包んでいた。


泉で妖精を目撃した日から、数日が経過した。

ずっと屋敷にいたフレイヤだったが、以前アレクシスに勧められたホルターネックの純白のドレスに着替える。

今夜は王家主催の夜会が開かれる。

フレイヤはアレクシスとともに、オーディン王から正式な招待を受けていた。

つまり自分は処刑される身ではなく、社交界に戻れるのだと貴族たちに知らしめる大切な場になる。

「陛下にご挨拶するのも久しぶりになるわね……」

衣装部屋でメイドたちに着付けられながらも、緊張で胃が縮みそうである。

王からは温情に溢れた手紙を受け取っているものの、夜会にはロキとミサリも出席するはずなので、ふたりから悪意を投げつけられるかもしれない。それに貴族たちだって、王太子から第二王子に乗り換えた形になるフレイヤを、好意的な目では見ないだろう。悪役令嬢とはいえ、あからさまに敵視されるのはつらい。

少しだけ不安になっていると、鏡の中のフレイヤは着々と仕上げられていった。

ドレスに合わせて髪を結い上げ、化粧を施す。

あらためて正装した自分を見つめると、以前より表情が柔らかくなった気がした。

王太子の婚約者だったときはいつも疲れていたし、満たされていなかった。今はアレクシスに身も心も愛されているから、険しさが削がれたのだろうと思う。

支度が整うと、部屋をノックする音がした。メイドが応対したあと、室内にアレクシスが入ってくる。

「そのドレスはフレイヤによく似合っている。女神が降臨したかのようだ」

「ありがとう」

彼は鏡台の前に腰を下ろしているフレイヤの背後に立つ。鏡の中で、ふたりは微笑みを交わした。

今日のアレクシスの装いは、金糸が織り込まれた紺碧のコートをまとっている。ウエストコートには緻密な刺繍が施されていた。純白のクラヴァットが、ふわりとして眩い。団服姿も素敵だけれど、夜会の衣装を身につけると、彼の艶めいた色香が露わになる。

セラを伴っているアレクシスは、軽く手を上げた。

アクセサリーを収納するためのジュエリーボックスを手にしているセラは、慇懃な仕草で箱を開ける。

そこには、大粒のルビーがあしらわれたペンダントが収められていた。

一目で高級品とわかる代物だ。おそらくこのひとつだけで、城が買えるほどの価格だろう。

「これを、受け取ってほしい」

ペンダントを手にしたアレクシスが、フレイヤの首に煌めくチェーンを回す。

稀少なルビーは、胸元で光り輝いた。

まるで炎の核を取り出して凝縮したかのような、繊細な煌めきを放っている。

フレイヤは宝石商が持ってくる数々のアクセサリーを見たことがあるが、これほど極上のルビーを目にするのは初めてだ。一国の女王でなければ身につけられないようなものだと思われる。

「このペンダントは……とても高価な代物ではないの？」

戸惑ったフレイヤが訊ねると、アレクシスはペンダントを身につけた鏡の中のフレイヤに眼差しを注ぎながら、静かに語った。

「これは亡くなった母の形見だ。オーディン王からイズーナ妃に、愛の証として贈られた品物だ」

ペンダントの由来を聞いたフレイヤは息を呑む。

アレクシスの亡き母が、オーディン王から賜った宝石なのだ。ということは、世界にふたつとない稀少な品のはずだ。

「そんなに大切なものを身につけられないわ」

フレイヤがペンダントに手をかけて外そうとすると、その手をしっかりと握られる。

「この宝石をフレイヤに譲りたい。俺の婚約者としての証になるだろう」

王からの贈り物であるルビーを身につけるのは、フレイヤが正式に王族になったと示すためなのだ。母の形見の品を譲り受けたからには、第二王子が望んで妻にしたのだと誰もが理解するだろう。

アレクシスはフレイヤが不利な立場に陥らないよう、気遣ってくれるのだ。

彼の心遣いを無駄にしないためにも、ペンダントをつけて夜会に出席しようと思い直す。

「わかったわ。私はあなたの婚約者になったのだものね」

「そのとおりだ。──だが、婚約を知らせるのは俺たちだけではないようだな」

「……え？」

どういうことだろうと首を捻ると、神妙な顔をしたセラが説明する。

「本日の夜会では、王太子が聖女との婚約を発表するつもりのようです」

なんと、ロキとミサリが婚約するのだ。

フレイヤと婚約破棄したのだから当然かもしれないが、ぼんやり考えていたことが実際に具現化するとなると、身に迫るものがある。

ロキに対して未練はまったくないけれど、ふたりがフレイヤにしたことを思うと、とても祝う気にはなれなかった。

わずかに瞳を揺らすフレイヤを、アレクシスは冷静な眼差しで見つめていた。

彼はセラに問いかける。

「王の承認は取れたのか？」

「承認が取れたとの情報はありません」

「ふむ……。あのミサリが、聖女と王太子妃を両立できるとは思えない。それはオーディン王が見ても一目瞭然だろう」

確かに、祈りの力で国を守るべき聖女と、王太子妃としての公務の両方をこなすのは至難の業だろう。フレイヤはロキの仕事を代行していたが、それをミサリにできるのだろうか。それだけでなく王太子妃として身につけるべきマナーや勉学などもある。

フレイヤが見る限り、ミサリはロキと同じく、奔放に遊び呆けるタイプで、仕事熱心には見えない。だからこそロキと気が合うのだろうが、オーディン王がミサリを未来の王妃に据えるとは思えなかった。

袖口のレースを指先で整えたアレクシスは、口元に笑みを刷く。

剛腕なのに器用な彼の手つきは、生まれながらの貴公子を彷彿とさせた。

「ロキたちの出方をうかがおうじゃないか。今宵の夜会は面白くなりそうだ」

すっと、恭しく大きなてのひらが差し出される。

フレイヤはその手に、自らの手を重ねた。

椅子から立ち上がると、さらりと純白のドレスのフリルが舞う。

アレクシスは向き合ったフレイヤに、真摯な眼差しを注いだ。

「フレイヤは俺が守る。だからなにも心配するな」

「心配していないわ。私はなにを言われても動じない」

口紅を引いた唇に弧を描き、微笑みを浮かべる。

胸元を飾るルビーが勇気をくれる気がした。

アレクシスがいてくれるのだから、堂々と彼とともに夜会へ顔を出せばよい。

ふたりは部屋を出ると、馬車寄せに待機していた豪奢な馬車に乗り込む。

エスコートされたフレイヤは、羅紗張りの座席に腰を下ろした。

アレクシスが隣に座ると、侍従が扉を閉める。

お辞儀をして見送るセラに手を振ると、馬車の車輪が回り出す。

茜色に染まる夕暮れの街を、王宮へ向かって馬車は走った。

車窓から見える街並みには、明かりが点り始めている。石造りの橋を渡ると、夜会に招待された貴族の馬車が連なっていた。

やがて荘厳な宮殿が現れる。

オーディン王の居城は、堅牢さが際立っていた。歴戦の強者だった王は若かりし頃、蟻一匹だろうともヴァルキリア王国の城へは踏み込めないと謳われたものである。

夕陽の残滓が雲間に溶けていく風景を見ていると、不意にアレクシスが問いかけた。

「フレイヤは久しぶりの王宮だな。婚約破棄の一件以来だろう」

「そうね……。なんだか遠い昔みたいに感じるわ」

あのときは処刑を回避するために必死だったのを思い出す。

婚約破棄されたショックよりも、生き延びるためにどうにかしようという思いが先立っていた。だからこそアレクシスを誘惑したわけだが、まさかこんなに気持ちが変化するなんて、自分でも不思議だ。

優美な横顔に陰影を刻んだアレクシスは、硬い声を出す。

「ロキに会ったら、心が揺れそうか?」

「……え？　それって、まさか、ロキの婚約者に戻りたいって、私が思うかもしれないということ?」

アレクシスは黙って頷く。

ぱちぱちと睫毛を瞬かせたフレイヤは驚いた。

今さらどうして王太子の婚約者に戻りたいなんて思うのか。ロキにはとんでもない目に遭わされたのだ。彼のわがままのおかげで、斬首になるところだったのである。しかもロキのことは初めから好きでもなんでもない。もちろん婚約者なので好きになろうと努力したことはあるのだが、その思いが報われることはなかった。

「そんなわけないでしょう！　ロキとは話したくもないわ。もし私が甘い顔をしたりしたら、今度こそ処刑台に引き立てられるわよ」

「それを聞いて、安心した」

強張っていた頬を緩めたアレクシスに、そっと手を握られる。

その手の熱さに、心臓がとくりと甘く鳴った。

もしかして、彼は不安だったのだろうか。

フレイヤがロキのことをまだ好きかもしれないなんて、思ったのか。

彼の嫉妬を心地よく感じてしまう。フレイヤの心はアレクシスだけに惹かれているというのに、ほかの男になびくなんてありえなかった。

夕闇に蕩ける黄金色の瞳と見つめ合う。

惹かれ合ったふたりは、そっとキスを交わした。

「あ……口紅が移るわ」

「かまわない」

小声で囁き合ったふたりは、またくちづける。

馬車の中の秘め事を、藍に染まり出した天に瞬く星だけが見守っていた。


城門をくぐった馬車は、宮殿の一角に停まった。

夜会が行われるため、馬車寄せでは多数の貴族たちが降車している。

彼らは宮殿へと続く長い石段に並んでいた。入り口で従者から名前を呼ばれたら、王宮に入るというしきたりなのだ。

「さあ、フレイヤ。俺の手を取るんだ」

先に馬車から降りたアレクシスが手を差し伸べる。

フレイヤが彼の手を取ると、ぎゅっと握られた。

ふたりは階段へ向かう。すると、並んでいた貴族たちから、ざわめきが上がった。

「まあ……フレイヤ嬢だわ。よく夜会に顔を出せるわね」

「ロキ様から婚約破棄されたのに、今度はアレクシス様にエスコートされているの？　なんて恥知らずなんでしょう」

貴婦人たちの間から、そんな囁きが聞こえてくる。

それらはすべて事実なので、フレイヤは受け止める覚悟でいた。

私は悪役令嬢なのだから、噂話をされたくらいで屈したりしないわ。

フレイヤは堂々と前を見据えて、胸を張る。

エスコートしていたアレクシスは空いたほうの手を、すっと掲げた。

「道を空けよ」

その言葉に、はっとした人々は慌てて身を引く。

アレクシスは第二王子であり、直系の王族なので、貴族よりも格上である。彼らとは異なり、名前を呼ばれて入場しない。自分の家へ入るわけなので、客人と同じ扱いにならないということになる。

頭《こうべ》を垂れる貴族たちの間を、フレイヤはアレクシスとともに一段ずつ進んでいく。

王宮内は赤々とした灯火に照らされていた。

真紅の絨毯《じゅうたん》を踏みしめ、長い廊下を歩いていくと、待機していた従者が両開きの扉を開ける。

夜会の行われる大広間は煌びやかさに溢れていた。

数多の蠟燭の炎が彩る幻想的な空間に、着飾った紳士淑女が円を描いて踊っている。楽団の奏でる流麗なワルツが優雅に流れていた。

玉座にはオーディン王が鎮座していた。その隣には王太子のロキがいて、ミサリの姿もある。

まずは王に挨拶をするのが習わしのため、フレイヤはアレクシスと並んで玉座へ歩を進めた。

すると、円舞を描いていた人々が、ぴたりと動きを止める。それとともに音楽がやんだ。

紳士淑女は不審な目をこちらに向けた。

ひそひそと囁く声が聞こえる。その内容は先ほどと同じく、フレイヤがいかに恥知らずな悪女であるかというものだ。

婚約破棄されて処刑を宣告されたというのに、第二王子に寄り添って堂々と夜会に顔を出すのだから、狡猾な悪女とみなされるのは当然だろう。

臆しそうになるが、つないでいるアレクシスの手が、ぎゅっと握りしめる。

ちらと彼の顔をうかがうと、力強い眼差しでフレイヤに頷いた。

アレクシスがいるんだから、私はひとりじゃない……。

頼もしいてのひらは熱くて、心強さを感じた。

微笑を浮かべたフレイヤは、オーディン王の前に行くと、ドレスを抓んで淑女の礼をする。

アレクシスは胸に手を当て、騎士として国王への忠誠を示す。

「父上、今宵はフレイヤとともに夜会へお招きいただき、ありがとうございます」

「うむ。近頃のおまえは顔つきが柔らかくなったようだ。それもフレイヤと過ごしているおかげだろう。ふたりで仲睦まじくやってゆくのだぞ」

「心得ました。フレイヤとの婚約を認めてくださったこと、感謝しております」

オーディン王は穏やかな表情で頷く。フレイヤも続いて王に挨拶する。

「お久しぶりでございます、陛下。ご病気のご回復をお祝い申し上げます」

「おお、フレイヤ。そなたからもらった手紙はまことに喜ばしいものだった。一時は処刑などという指示が出たが、あれはロキの独断であった。王として正式に撤回しているゆえ安堵せよ。そなたがヴァルキリア王国に貢献してくれた恩義を、余は忘れぬ」

「ありがとうございます。私は陛下への忠誠を誓います」

すでに王からの手紙と、アレクシスからの言付けで王の気持ちは聞いていたものの、こうして直接言われると胸に安堵が広がる。

久しぶりに会っても、やはりオーディン王は鷹揚な為政者だった。フレイヤを大切に思っていてくれたのだと、はっきりわかり、自分の今までの行いが無駄ではなかったことに報われた。

白い髭を蓄えたオーディン王はフレイヤがつけているルビーのペンダントに目を留め、懐かしそうに双眸を細める。

「それは余が、亡き妃であるイズーナに贈ったペンダントだ。そなたたちの婚約にふさわしい品である。ぜひ、それを大切に持っていってほしい」

「私は幸せ者です。陛下がイズーナ妃に贈られたこの宝玉と、アレクシス殿下を生涯にわたり大切にいたします」

涙ぐむフレイヤを、アレクシスは温かい眼差しで見つめる。

彼は場内の貴族たちに向け、高らかな声で宣言した。

「第二王子であるアレクシス・ガル・ティナ・ヴァルキリアは、フレイヤ・バリエンダール侯爵令嬢と婚約した。彼女とともに、末永くヴァルキリア王国を支えることを誓おう」

それまで事態を見守っていた紳士淑女たちが、一斉に拍手をした。

「おめでとうございます、アレクシス様」

「ご婚約おめでとうございます。フレイヤ様」

彼らはフレイヤを裏切り者のように思っていたが、オーディン王が認めたことにより一変した。ロキの判断は間違いであり、やはりフレイヤは王族になるべき令嬢だったのだと認識したのだ。

処刑を宣告されていたフレイヤが社交界に返り咲くことができたのは、アレクシスが尽力してくれたおかげである。

これからのフレイヤは、第二王子アレクシスの妃として、堂々と胸を張って生きていける。

盛大な拍手で迎えられ、フレイヤはアレクシスと微笑みを交わす。

だがそのとき、傍にいたロキが尖った声を上げた。

「待ってください、父上！　フレイヤは元々は僕の婚約者だったのに、アレクシスに寝返るのは裏切りではありませんか」

しん、と場が静まる。

ロキとしては、処刑の判断を覆されたため、面白くないのだろう。アレクシスに婚約者を奪われたとでも思っているのかもしれない。

王太子の意見に、オーディン王は冷めた視線を投げた。

「婚約破棄したのはおまえだ、ロキ。今さらおまえになにを主張する権利があるというのか。せめてフレイヤの幸せを願ったらどうだ」

父王に庇われるどころか注意されてしまい、ロキは悔しげに唇を歪める。

彼の隣にいたミサリが、肘で小突いた。

「ねえねえ、ロキ様も言うことあるんじゃないですか？」

「なにをだ」

「ほらぁ、わたしたちの婚約はどうなったんです？」

はっとしたロキはオーディン王に目を向ける。

彼は気まずげにしつつも願い出た。

「父上、アレクシスの婚約を認めたのですから、僕とミサリの婚約も許可してください。もう何度も言ってますが、僕はミサリと結婚したいんです。それでフレイヤと婚約破棄したんですから」

「ロキよ。聖女ミサリには王国のために祈りを捧げるという役目がある。王太子妃の公務を兼任できるとは思えぬ」

冷静な王の言い分に、ロキはかっとなった。

「それじゃあ、僕が結婚できなくてもいいんですか⁉　僕は王太子なのですよ」

「認めないとは言っておらぬ。おまえが王太子としての責務を果たしたなら、そのときにはミサリとの結婚を認めよう」

今のままのロキではミサリと結婚できないと、王は言った。

フレイヤに仕事を任せきりで遊び呆けていたロキが、同じように奔放なミサリを妻にしたら、国が傾いてしまうことを王は懸念しているのである。

この場での婚約は認められず、ロキは歯噛みした。

婚約披露するためだったのか、ピンクの派手なドレスを着たミサリは、唇を尖らせている。

オーディン王が軽く手を上げると、楽団が音楽を奏でる。

再び大広間には麗しい曲が流れた。

「みなの者、夜会を楽しんでくれ。病から回復した余のために集まってくれて礼を述べる」

あくまでも病気の回復を祝うための夜会であると、王は強調する。

アレクシスの婚約を祝福するという誇張はなかったので、ロキは渋々引き下がった。

ほっとしたフレイヤはお辞儀をして玉座の前から下がる。

アレクシスに導かれて、広間の中央へ足を運んだ。

「踊ろう、フレイヤ」

「ええ、アレクシス」

向き合ったふたりはホールドを組む。ワルツの調べに合わせて、華麗なステップを踏んでいく。

今夜の主役は婚約した第二王子と侯爵令嬢だ。

アレクシスは馬車の中から、ずっとフレイヤの手を握っていてくれた。

彼の熱いてのひらが、フレイヤを王宮へと導いてくれたのだ。

安定したリードで、フレイヤがくるりと回るたびに、ドレスがふわりと舞う。

ひたむきな黄金色の双眸に、愛しさが湧き上がる。

私も、アレクシスを愛している――。

彼への恋心をはっきりと自覚した。

これまでは悪役令嬢だからとか、彼を利用しているからという枷を嵌めていたので、アレクシスへの気持ちを認めることができなかった。

だけど、アレクシスの一途な想いに応えたい。

彼を信じられなかった自分を、フレイヤは脱ぎ捨てた。

アレクシスを信じよう。彼を心から愛しているから。

素直な想いになれたフレイヤは、まっすぐに黄金色の瞳を見つめた。

「ありがとう、アレクシス……。私がこうして宮廷へ戻れたのは、あなたのおかげだわ」

「礼より、愛していると言ってくれ」

彼の懇願に、くすりと笑みが零れる。

「無理に言わせるのは意味がないんじゃなかったの？」

「もう、無理ではないだろう。おまえの瞳の奥が、俺に恋していると語っている」

「そうなのね」

自分では気づかないが、彼から見たらフレイヤの変化は明らかなのだろう。

アレクシスに愛されて、フレイヤは変われた気がする。

以前は、誰にも頼らず自分の能力だけで人生を切り開かなければならないと思い込んでいた。

だけど、ひとりきりでは生きられない。

アレクシスに頼り、甘えることをフレイヤは知った。

身を屈めたアレクシスの前髪が落ちかかる。彼の吐息がかかるほど、顔が近づいた。

「だが、言わせるよりも言いたい。おまえを愛している」

「私も……アレクシスを、愛しているわ」

想いを伝え合うのは、奇跡的な煌めきをまとっている。
ふたりの愛情は天に瞬く星よりも尊く、眩い輝きを放っていた。
流麗なワルツが流れる舞踏会で、ふたりはいつまでも踊り続けた。

第四章　バッドエンドへの運命の輪

自室の机に着いているロキは、苛々と羽根ペンを小刻みに振る。

父への陳情書を綴るはずが、まったく筆は進まなかった。

「責務って、なんだよ。僕は正妃の子なのだから、存在しているだけで充分じゃないか」

夜会から数日が経過していたが、苛立ちは収まらない。

あの場でミサリとの婚約を発表するはずだったのに、オーディン王はそれを認めなかった。あろうことか、アレクシスの婚約を認めたばかりか、ロキを否定するような発言を父はしたのだ。

ロキの自尊心は粉々になった。

なぜ死神王子と呼ばれて忌まれる妾腹の子が、主役のような扱いを受けるのだ。しかも、ロキが婚約破棄して処刑するはずのフレイヤを妻に迎えるなんて、完全に王太子である自分を馬鹿にした行為だ。

フレイヤはミサリを害しようとした罪があるのに、父は証拠が不充分だとして処刑を却下した。

ロキの判断が間違っているとされるのは不服だし、ミサリも夜会のときから仏頂面ばかりである。

このままではいられない。自分がこんな目に遭うのはすべて、アレクシスとフレイヤのせいだ。

「僕の顔に泥を塗って、ただで済むと思うなよ」

怨嗟《えんさ》を吐きながら羊皮紙に向かう。

だが、王太子である我が身を優遇すべきという文言には説得力が欠けるとわかっていた。なにをどのようにすれば事態が打開できるのか、ロキには思いつかない。王太子としての公務はやりたくない。視察や会議などは面倒なので避けたかった。戦いなんてまっぴらだ。

ロキは自分が不利な状況になるのが大嫌いなのである。よって、傷つけられる可能性のある剣の勝負などは苦手だった。贅沢して遊んで暮らす権利が自分にはあるので、生涯遊び呆けていたい。

「あぁ……アレクシスを僻地に追いやれないものか。あいつさえいなくなればいいのにな」

羽根ペンを放り出したとき、ガチャリと扉が開く。

泣きながら駆けてきたミサリが、肩にしがみついてきた。

「うわぁ〜ん、ロキ様ぁ、大変なんです！」

「なんだ、ミサリ。僕は忙しいんだぞ」

ミサリには聖女として祈りの儀式をしなければならないのだが、それを面倒だと言ってサボる癖があった。

だが今日は女官に連れていかれて、ようやく祈りを終えたらしい。

祈るだけなのだから簡単ではないかと思う。彼女が自堕落だから、父は婚約を認めたくないのだろう。もう少し、しっかりしてほしいものだと、ロキは自分を棚上げしてミサリに冷めた視線を投げた。

涙目のミサリは顔を上げる。可愛らしい顔が、ぐちゃぐちゃだ。

「王様が、エインヘリヤル神殿に行って祈りを捧げろって言うんですよ。川が氾濫してるからですって。あんな田舎に行ったら、わたしは死んでしまいますぅ」

エインヘリヤル神殿は聖地と呼ばれる神聖な場所である。

だが首都から遠く離れた僻地にあり、崖の上に神殿が建っているため、かなり不便なところだ。限られた聖職者しかいないので、食事はパンと水くらいしかないだろう。

「ふうん……。ミサリの祈りが天に通じないからじゃないか？　水害が収まれば、あの神殿まで行かなくて済むだろう」

そう指摘すると、唇を尖らせたミサリは半眼になる。

いつもは小動物みたいに可愛らしいのに、そんな顔をすると凶悪に見えた。

「わたしが悪いって言うんですかぁ？　ロキ様だけは、わたしの味方だと思ってたのにぃ」

「もちろん僕はミサリの味方だ。きみの言うことが正しいと思ったから婚約破棄したんだろうが。それなのに夜会では屈辱を与えられた」

思い出したロキは盛大な溜息をついて、天を仰ぐ。

こんなことなら、婚約破棄しなければよかった。フレイヤを婚約者のままにしておいたなら、父はロキを優遇したのではないか。アレクシスに婚約者を奪われるという屈辱を受けることもなかった。

ミサリは聖女のくせに、思ったより役に立たない。彼女と遊んでいるのは楽しいのだが、祈りの力はさほどないようで、周囲の信頼を得られなかった。フレイヤを正妃にして仕事をさせて、ミサリは側室にすればよかったのではないかと、ロキは何度も同じ後悔を頭の中で繰り返す。

ミサリは栗色のボブカットを大仰に振って頷いた。

「全部、第二王子とフレイヤ様が悪いんですよ。あの人たちがいるから、わたしたちが婚約できないんです。いなくなったら、王様だってわたしたちを重宝すると思うんですよね」

「そのとおりだ。だから父への陳情書を書いている」

「それより、いい方法がありますよ。あの人たちが物理的にいなくなってくれたらいいんです」

「ということ……まさか、殺すのか？」

思わずロキは声をひそめる。ふたりが死んでくれたなら幸いだが、自分の手を汚すのは嫌だ。

だが、合法的に死んでくれるなら別である。そんなうまい方法があるのか。

ミサリは、にんまりと笑った。その表情はまるで悪女のようである。

「フレイヤ様にエインヘリヤル神殿で祈りを捧げてもらうんです。わたしだけでは力不足なので、第二王子の妃に手伝ってもらいたいって言いますから。もちろん第二王子にも神殿に同行してもらいます。危険な土地ですから、そこでなにがあってもおかしくないですよね」

「ふむ……なるほど。神殿の生贄になれば、水害も収まるだろうしな」

「そうなんです。王様の信頼の厚いふたりですから、きっとヴァルキリア王国のために貢献してくれますよね？　うふふ……」

ロキはミサリを見直した。

素晴らしいアイデアだ。あのふたりさえ消えてくれたら、あとにはロキとミサリしか残らないので、父は次期国王と王妃として大切にするだろう。

さっそくロキは羽根ペンを手にし、ミサリが言うとおりの内容を書き連ねる。

さらさらと羊皮紙にペンが滑る音が紡がれた。

◆

王からの勅令の書類を見直していたフレイヤは、ごくりと唾を飲み込む。

羊皮紙には、フレイヤがエインへリヤル神殿へ赴き、聖女の代わりに祈りを捧げてほしいとの旨が綴られている。

アレクシスと一緒に王宮へ行って王に謁見したが、どうやらミサリの祈りの力が弱いので、水害を収めるためにフレイヤに手伝ってほしいとのことだった。

フレイヤには聖女の祈りの力はないが、ミサリが到着するまでのつなぎとして、国の安寧をただ祈るだけならできる。ミサリは王都の神殿で引き続き祈りの儀式を行い、時が来たらエインへリヤル神殿へ向かうとのことだ。

オーディン王からの頼みを断る理由はない。フレイヤは快く承諾した。

国民が水害で困っているのだから、フレイヤにもできることをしたい。

そして本日、出立する日を迎えた。

アレクシスも神殿へ同行すると申し出たので、彼も一緒に向かうことになる。神殿は王都から遠い地方にあるので、長旅になる。事態が落ち着くまで滞在することを考えると、三か月ほどはかかるだろう。

もう何度も読んだ勅令書を閉じる。

室内ではメイドたちとセラが、荷物の整理をしていた。

セラも従者として付き添うため、彼も旅装だった。

「フレイヤ様、荷物を運びますね。手荷物はこちらでお間違いありませんか？」

「ええ……」

長旅なので、いくつもの大きな鞄が積まれていた。

それらをメイドたちが馬車へ運んでいく。

つい、オーディン王の依頼を快く受けてしまったが、そのあとでフレイヤは思い出した。

この世界は前世でプレイしていた乙女ゲーム『ヴァルキリアの神々～ラブとロマンと星々の宴～』なのだが、悪役令嬢のフレイヤが斬首されるほかにも、バッドエンドは存在する。

それはエインヘリヤル神殿で、第二王子のアレクシスに殺害されるという結末だ。

確か、水害を止めるための生贄になるっていう展開だったわね……。

そのルートがあったのをすっかり忘れていた。せっかく婚約破棄からの処刑を回避できたのに、悪役令嬢の運命から逃れられずバッドエンドを迎えてしまうのか。

でも、臆病になるなんて自分らしくない。それに王国のために尽くしたい気持ちは本心だ。

王都は水路が整っているため、大雨が降っても冠水を免れているが、地方の被害は甚大だと聞き及んでいる。特にエインヘリヤル神殿があるアールヴヘイム地方は、河川が多い地域なので、視察に赴いた役人が困り顔だったのを覚えている。

今度は、アレクシスに殺される未来を回避してみせるわ……。

幾度も危機を乗り越えてきたのだから、次もきっとどうにかなる。

アレクシスがフレイヤを殺そうとするなんて、どんな状況に陥ったとしてもありえない。

そう自分の心に言い聞かせたフレイヤは、覚悟を決めて顔を上げた。

荷物はすっかり運び出され、部屋にはフレイヤの手荷物となるバッグひとつが残る。それを両手で持ったセラがフレイヤとともにアレクシスを待っていると、彼が入室してきた。

「用意はできたか？」

彼の旅装は、漆黒の団服だ。騎士としてフレイヤを護衛するため、そして第二王子としてアールヴヘイム地方を視察するという目的なので、私服ではない。

すらりとしているのに強靱な体躯のアレクシスは、詰め襟にロング丈の団服がよく似合う。勇猛さと華麗さを併せ持つ死神王子を、フレイヤは眩しげに見つめた。

「ええ、できたわ。エインヘリヤル神殿へ行きましょう」

「神殿までは悪路もあるが、騎士団員たちも同行するから心配はいらない。彼らはアールヴヘイム地方の水害調査及び救援の任務を負っている。もちろん俺も任務にあたる」

「私もお手伝いするわね」

アレクシスにエスコートされて屋敷の外へ出ると、多数の騎士団員たちがそれぞれ自分の馬の傍で待機していた。彼らはみな、アレクシスの部下ということになる。いずれも精鋭の騎士たちだ。

「フレイヤは神殿で祈りを捧げることが主な任務だ。……それも聖女が来るまでの間というこになっているが、ロキの動きが気になるところだな」

「そうね……」

ロキとミサリはなんらかを画策しているのだろうか。

彼らはフレイヤの処刑を諦めたと思いたいが、確証はなかった。

漆黒のラグナロクは主をまっすぐに見据えている。出発を前にアレクシスは、つとフレイヤに向き直った。

「俺が守るから心配ない」

「……アレクシス。これをつけていくことを許してちょうだい」

フレイヤは自らの胸元に手をやる。

そこには夜会のときに譲り受けた、ルビーのペンダントが光っていた。

大切な形見ではあるが、お守りとして身につけておきたいと思ったのだ。

「もちろんだ。それはフレイヤのものなのだから、つけていてくれ。亡き母上も喜ぶだろう」

「ありがとう。きっとみんなで無事に帰れるわよね」

「そうだとも。死神と女神の前に、敵などいない」

彼の言葉に勇気をもらえる。

頷いたフレイヤはセラから手荷物を預かり、アレクシスに導かれて馬車に乗り込んだ。セラはマーニに跨がる。

アレクシスはラグナロクに騎乗すると、騎士団員たちへ向けて号令をかけた。

「エインへリヤル神殿へ向かう。準備はいいか！」

馬に騎乗した騎士たちが「ハッ！」と威勢よく答える。

一行は馬脚を揃えて出発した。フレイヤの乗った馬車の車輪も回り出す。

街の人々が騎士団の行列に遭遇して、道を譲り頭を下げる。彼らは王国を守る騎士団を敬っているのだ。

たとえ誰かの手で作られた架空のものだとしても、フレイヤはこの世界を守ろうと思った。

前世だって、誰かが作り出した虚構かもしれないのだ。なにが本当で嘘かなんて、わかりはしない。ただ、そこに生きる誠実な人々を守りたいというフレイヤの気持ちは、嘘ではなかった。

私がヴァルキリア王国に転生したのは、悪役令嬢を演じるためだけじゃない。この世界の人々の役に立つという責務があるんだわ。

再び王族の婚約者に返り咲いたのは、それがフレイヤの宿命だからだ。

救世主を気取るつもりはないけれど、転生者であるからには、なんらかの役に立てるはず。

だけど、生贄だけは回避するわよ……！

アレクシスに殺されるなんてことにはならないと思うが、フレイヤの胸は不穏なものにざわめいた。

騎士団の行列は順調にアールヴヘイム地方へ向かっていく。

ヴァルキリアの神々の物語は、佳境を迎えていた。


一週間の旅を経て、一行はようやくアールヴヘイムに到着した。

ここまでの道中では、水害によりあちらこちらで水没している田畑があった。今年は異常気象により、雨が降りやまず、被害は拡大しているらしい。このままでは作物の収穫ができないので、農民が困窮してしまう。一刻も早い対策を講じなければならなかった。

フレイヤたちはエインヘリヤル神殿の近くにある村に着く。

馬車を降りると、ぽつぽつと雨粒が舞い落ちてくる。空を見上げると、重い灰色の雲が垂れ込めていた。

「あそこが、エインヘリヤル神殿ね……」

麓の村から遙か遠くに見えるのは、崖の上に佇む古びた神殿だった。

雨により白く霞んでいる様相は、神聖にも見えるが、何者をも阻む威厳に満ちている。

神殿を見上げたフレイヤは、ぶるりと身を震わせた。

ラグナロクから下馬したアレクシスが、隣に並ぶ。

「疲れただろう。今夜は村に泊まって、明日神殿へ向かおう。俺は神殿まで同行するが、騎士たちはここを拠点にして活動する」

「そう……。かなり切り立った崖の上にあるから、大勢では行けなそうだものね」

「馬も置いていくことになる。だが神殿には司教がいるから、ひとりにはならない。俺が定期的に様子を見に行くから、なにかあったらいつでも対応する」

フレイヤはゆるゆると頷く。

みんなとは離れて神殿で暮らすことになるのだ。もちろん自らの足で往復は可能なのだから、いつでも村に戻ってこられるわけだが、そこはかとない孤独感に襲われる。

表情を曇らせるフレイヤの肩を、アレクシスは勇気づけるかのように、ぽんと叩いた。

「村の周辺を散策するか。汗臭い騎士たちに囲まれていたら、神殿にいたほうがいいと思うようになるぞ」

彼が面白おかしく言うものだから、くすっとフレイヤは笑う。

「そうね。この地方の様子も見てみたいし、みんなと離れるのも寂しいしね」

素直に述べると、アレクシスは表情をあらためる。

「事態が落ち着いたら、王都へ帰れる。俺はフレイヤを置いてどこへも行かない」

「わかっているわ。いずれみんなで帰りましょう」

降り続く雨のため状況は芳しくないだろうけれど、やまない雨はない。

胸に澱《よど》む不穏なものは見ないふりをした。

きっと、不安を感じるのは自分の弱さのせいだ。アレクシスやみんながいてくれるのだから、大丈夫に決まっている。

フレイヤは意識して口元に笑みを浮かべる。

すると、何気なく身を屈めたアレクシスの黒髪が、さらりと頬を掠める。

ラグナロクが馬身で覆い隠す。周囲では騎士団員たちが荷下ろしをしていた。

ふたりは秘密のキスを交わした。

村の民家に泊まった翌日、雨は降っていないものの、空模様は相変わらずの曇天だった。

フレイヤたちは水害を調査するため、村の周辺を見て回った。

堤防が決壊した川の水は溢れていた。橋は無残に破壊されたままだ。辺りは瓦礫の山となっている。

この状態では大雨が降ったとき、村が浸水するのも時間の問題である。

「ひどいわね……。どうして修復しないのかしら？」

案内してくれた村長に訊ねると、老齢の村長は肩を落とす。

「村には橋や堤防を修復する金がないのです。役人に費用を捻出してほしいと嘆願していますが、被害があるのはうちの村だけではないので、手が回らないようで、後回しにされています」

「この村はエインヘリヤル神殿を結ぶ重要な拠点だ。早急に橋と堤防を修繕しなければならない。まずは騎士団が瓦礫を撤去しよう」

アレクシスの言葉に、騎士団員たちはさっそく動き出す。屈強な彼らが泥に浸かった川辺に踏み込み、シャベルで余計な泥を掻き出して道を作る。

感激した村長は頭を下げた。

「ありがとうございます。小さな村なので若い男が少ないもので、村人だけではとても片付けられませんでした」

「だが、修繕が完了するまでには時間がかかる。土嚢を積んでおくべきだ」

「そうですね。民家にまで川の水が達しているので、村人の暮らしは大変です。これ以上、雨が降らなければいいのですが……」

騎士団員たちに作業を任せ、アレクシスとフレイヤは村長とともに家々の様子を見るため、村に戻ってきた。

川に近い家屋は、村長の言うとおり、泥水に浸かっていた。

辺りには異臭が立ち込め、足場が悪い。長雨により、水が引かないのである。

だが村の人たちはどうすることもできず、その環境のまま住み続けているのだ。扉の前に家具を積み上げて水を防ごうとしているようだが、その家具自体が腐りかけていた。

「なんてこと……。アールヴヘイムのほうは、こんなに被害が大きいのね」

水害が深刻らしいと王都で耳にしていたが、実際に自分の目で見てみると、ぼんやりとしていたものが明瞭な輪郭を持つ。

次の大雨が降らないうちに、復旧作業を急がなければならない。

そう思っていると、浸水している家の中から、ひょいと子どもが出てきた。

「聖女さまだ！」

え、とフレイヤは首を傾げる。

ここにいる女性はひとりだけだが、まさかフレイヤを聖女だと勘違いしているのだろうか。

男の子の声に反応して、たくさんの子どもたちが集まってくる。さらに大人たちまで外に出てきて、フレイヤを取り囲んだ。村人たちは疲れきった顔をしていた。

子どもたちは曇りのない眼差しをフレイヤに向けてきた。

「聖女さま、雨をとめて！」

「わたしの家は流されたの。聖女さまが祈ったら、もう雨はふらないんだよね？」

小さな子に縋りつかれて、フレイヤは困惑する。

私は聖女じゃないし、なんの力もないのに……。

困り顔をした村長が子どもたちを諫《いさ》める。

「おまえたち、やめなさい。この方は……」

子どもたちを、がっかりさせたくない。

その一心で、フレイヤは言い放った。

「私が、雨を止めるわ。だからみんな、安心してね」

その途端、子どもたちが笑顔になる。

希望を見出した彼らは、きらきらした目でフレイヤを見た。

「ほんと!?　聖女さま、すごい！」

「神殿に行くんだよね？　聖女さまのお祈りがうまくいくように、ぼくたちもお祈りするからね！」

フレイヤは笑みを浮かべて子どもたちに頷く。村の大人たちは祈るように手を合わせていた。

たとえ聖女じゃなくても、彼らのために力を尽くしたい。

フレイヤは子どもたちの勘違いを否定しなかった。困窮している村人たちは藁にも縋る思いなのだ。

喜ぶ子どもたちに囲まれたフレイヤの後ろで、アレクシスは黙って見守っていた。


村長の家で昼食をとってから、アレクシスとフレイヤはふたりで神殿へ向けて出発した。

神殿までは道幅が狭く急勾配のため、馬は置いて徒歩で登ることになる。騎士団員たちとセラは引き続き村内に留まり、瓦礫の撤去作業に従事する。フレイヤは着替えなど最低限の荷物を持ったが、それをアレクシスが背負ってくれた。

天を衝くほど崖は高く、所々設置されている階段は段差が大きい。しかも小雨が降ってきたので足元は滑りやすかった。

フレイヤがドレスをたくし上げて階段を上っていると、先に立つアレクシスが手を貸した。

「ありがとう」

「神殿までは一時間ほどで着く。疲れたら休みながら行こう」

「私は平気よ」

「無理はするな。さっきも、聖女と囃《はや》されて否定しなかっただろう。王族として調査に来ただけだと言ってよかったんだぞ」

先ほど、子どもたちに会ったことを思い出す。

真実を言うのが正しいことかもしれないけれど、大切なのは子どもたちが救われるかどうかではないかとフレイヤは思う。

「……子どもたちをがっかりさせたくなかったの。それに村長さんやアレクシスも、あえてなにも言わなかったわよね」

「水害から救ってくれるなら誰でもいいわけで、聖女でなくてもいい。俺は、聖女の祈りの力について疑っている。ミサリが雨を止められるのなら、もうとっくにそうしているはずだからな。大人はそれを薄々感じているだろうが、なにかに縋らなければならないんだ。そして大人たちが子どもに『聖女様が救ってくださる』なんて教えている。だから俺は否定しなかった。村長だって同じだろう」

聖女の祈りの力は、人々の盲信が生み出したまがい物なのだろうか。

言われてみると、ミサリはロキと遊んでばかりで、真面目に祈りを捧げているようには見えなかった。奇跡的な力を持っているのなら、こんなにも被害が拡大する前に、雨を抑えることができたのではないか。

ミサリは、本当に聖女なのかしら……？

疑問を覚えるものの、フレイヤが判定する立場ではないのでどうしようもない。今は自分にできることをやるだけだ。

「神殿に着いたら祈りを捧げるだけでなく、水害対策についての書類を作成するわね。これでも以前は行政書類を担当していたのよ」

「そうだったな。文官を連れてきていないから、手伝ってくれたら助かる」

「任せてちょうだい」

王太子の婚約者だったときは、書類作成の代行や文書の決裁を行っていた。あれは義務ではあったが、フレイヤは嫌々やっていたわけではなかった。王国のために役立つのならと思い、自ら進んで請け負っていたのだ。

今こうして、また王族になれたのなら、国民のために役立ちたいと思えた。

私に縋ってくれたあの子たちの目を、曇らせることはしないわ……。

アレクシスの言うとおり、水害から救ってくれるのなら聖女でなくてもいいのだ。

村の復旧は騎士団に任せて、フレイヤは復興のための計画書を作るところから始めよう。

決意を胸に秘め、ひたすら道を歩む。

息が上がるが、アレクシスが支えてくれるのでどうにか登りきれた。

頂上へ辿り着くと、眼前に石造りの神殿が現れる。

切り立った崖の上には神殿のみがあり、ほかの建造物はなにもない。狭いので草木すら生える場所がなかった。外界から隔離された神聖な空間と言える。

神殿の前には、司祭服をまとった老齢の司教が待っていた。

「お待ちしておりました、フレイヤ様。そしてアレクシス殿下。ようこそエインヘリヤル神殿へ。わたくしは司教のヘズです」

「こんにちは、ヘズ司教。聖女が到着するまで、私が代わりに祈りを捧げます」

「ええ、お話はうかがっております。どうぞこちらへ」

穏やかに微笑んだ司教に案内されて、神殿の奥へ進む。

神殿といっても華美さはなく、簡素な建物だ。

「ここはわたくしひとりで管理しております。麓から村人が三日に一度だけ訪れて、食料などを届けてくれます。水害を鎮めるためにフレイヤ様や聖女様が来ていただけると聞いて、大変ありがたく思っています」

「ええ……よろしくお願いします」

ヘズ司教がひとりで住んでいるという神殿はこぢんまりとしている。扉がいくつかある廊下を通ると広間があり、その向こうにはバルコニーが見えた。

「こちらが祈りの場です」

バルコニーと思われたそこが、聖女が祈りを捧げるところらしい。

一段高いスペースが設けられ、小さな祭壇があった。屋根があるので半屋外になっているが、風雨の影響で濡れている。

眼下は深い谷底になっていて、遠くに麓の村が小さく見えた。もしここから落下したら命はないだろう。

今日はさほど風がないので、飛ばされる危険はない。

荷物を下ろしたアレクシスは、バルコニーから辺りの景色を眺めた。

「こんなに高所にあるなら水害とは無縁だな」

「とんでもございません。ここからは村や川の様子がよくわかります。それらが水没していくのを見ていると、胸が痛みます。わたくしはこの神殿に三十年ほどおりますが、村の人々に生かされている老猾《ろうかい》です。村人たちがこの地を去ったとき、エインヘリヤル神殿は廃れるでしょう」

白い髭を生やしたヘズ司教は淡々と告げた。

神殿と村は一心同体なのだ。村人に見捨てられたら、司教の命は尽きてしまう。

王都の司教の中には私腹を肥やしている者もいるらしいが、彼は穏やかな心の持ち主だと思えた。

アレクシスは深く頷く。

「あなたは信頼できる司教だ。フレイヤを任せる。俺もできる限り、ここへ通おう」

「恐れ入ります」

ヘズ司教は頭を下げる。

彼が信頼に足る人物か、アレクシスは見極めようとしたのだ。

侍女がいなくても、豪華な食事がなくても、フレイヤは平気だ。むしろ世俗を離れ、落ち着いて生活できそうである。

外套を脱いだフレイヤは、さっそく祈りを捧げる準備に入った。

「私はここで祈っているわ。アレクシスは村に戻って、復旧作業にあたってちょうだい」

「わかった。頼んだぞ」

村へ下りるのも時間がかかるので、遅くなると日が暮れてしまう。

アレクシスは踵を返しかけたが、つとこちらへやってきた。

彼はフレイヤの体を、ぎゅっと抱きしめる。

突然のことに瞬きをしたフレイヤは、思わず剛健な背を抱きしめ返した。

「え……な、なに？」

「愛している」

チュッと唇にキスをするので、かぁっと顔が熱くなる。

司教は見ないふりをしていた。

またすぐに会えるのに、彼の直截な愛情表現に困ってしまう。

でも、嬉しかった。ふたりの想いはようやく通じたのだ。

「も、もう。早く行かないと、暗くなってしまうわよ」

「そうだな。寂しいだろうが明日も来るから、待っていてくれ」

抱擁を解いたアレクシスは軽く手を上げると、神殿を出ていった。

彼の後ろ姿を見送り、フレイヤは祭壇へ向かう。

「それでは、祈りを捧げます」

深く礼をしたヘズ司教は後方に下がっている。

祭壇の前で跪き、両手を合わせて天に祈りを捧げる。

雨粒が容赦なくフレイヤの頬を叩いた。

お願い……どうか、雨をやませて……。

髪も服も、みるみるうちに濡れていく。まるで聖女の祈りしか受けつけないとでも言うように、天は数多の水滴を落とし続けた。

だがフレイヤはその場から動かなかった。

辺りが薄暗くなっても、ひたすら祈っていた。

谷底から突風が吹きつける。体が飛ばされるかと思った、そのとき。

胸につけているルビーのペンダントが、きらりと光る。

真紅の輝きは、まっすぐに天を指し示した。

「え……？」

はっとして空を見上げる。一筋の光が宝玉から発せられていた。

すると、宝玉の光を受けた曇天に、割れ目が生じる。

灰色の重い雲を掻き分けて、青空が見えた。

あれほど降っていた雨が、ぴたりとやむ。風が収まり、辺りには夕暮れの茜色が広がる。

雨雲が薄くなったのだ。

不穏な雨が彼方に去ったことを、雲間に滲む夕陽が教えていた。

「おお、奇跡だ……！」

見守っていたヘズ司教が驚嘆の声を上げる。

「雨が……やんだ？」

フレイヤは夕焼けの中に佇んだ。

胸のペンダントに目をやるが、ルビーは静かに煌めきを湛えている。

フレイヤの身のうちから、不思議な力が発せられた気配は感じない。この宝玉が放った光が、雨雲を蹴散らしたのだ。

このルビーに不思議な力があるのかしら……？

オーディン王とイズーナ妃の加護が込められているのかもしれない。

とにかく、一旦は雨雲が去ったので、村人たちも喜んでいるだろう。

ほっとしたフレイヤは、遠くに見える村を見下ろした。

◆

村へ続く道を下りたアレクシスは天を仰ぐ。

神殿を出るときは雨脚が強かったが、空には晴れ間が覗いていた。雨はやみ、夕陽が薄い雲に滲んでいる。

「フレイヤの祈りが天に通じたようだな」

彼女に神秘的な力があるのかはわからないが、雨をやませることができたのには違いない。天候が回復すれば撤去作業も捗《はかど》るだろう。

今後の段取りを考えながら、アレクシスは村へ向かった。副団長が指揮を執っているので、騎士団員たちはすでに本日の作業を終えている頃だろう。

ところが村内では騒ぎが起こっていた。

村人が集まり、騎士団員たちも遠巻きにしている。

彼らの中心にいる人物が、大声を上げた。

「僕を誰だと思っている！　ヴァルキリア王国の王太子だぞ」

その声を耳にしたアレクシスは舌打ちを零した。

予想はしていたが、やはりロキが来ている。

突然村に押しかけるとは一体なんの用だと思ったが、彼の隣にミサリがいるのを見て納得した。

本来は聖女がエインヘリヤル神殿で祈りを捧げるわけなので、それに付き添ってきたらしい。

「なんの騒ぎだ」

アレクシスが低い声を響かせると、傍観していた人々は波が割れるかのように道を空けた。

ロキは王都にいるときと変わらず、豪奢なジュストコールをまとい、白タイツに革靴を履いている。水害のため辺りはぬかるんでいるので、足元は泥だらけだった。ミサリも聖女らしさを強調しているのか、純白のローブ姿だが、かなり泥が撥ねている。

こんな格好で地方にやってくるとは舐めている。

ロキの隣にいる村長が困惑して頭を低くしていたが、王太子の怒りは収まらない。

「王族を迎えるというのに、この村では泥で歓待するのか？　なぜ綺麗にしておかないんだ！」

「申し訳ありません。雨が多いので、村の一部は浸水しておりまして……」

ロキが乗ってきたと思われる豪華な馬車が、ぬかるみに嵌まっていた。従者たちが懸命に馬車を押している。飾り立てられた馬は疲弊しきっていた。ろくに休ませもしないのだろう。

ロキはいつも、自分が悪いのに他人に責任をなすりつける。

アレクシスは軽く手を上げて、謝る村長を制する。

「謝罪する必要はない。――ロキ、撤去作業を手伝う気があるのなら、今すぐ軍装に着替えろ」

「なんだと？　僕がそんなことをやるわけないだろう。ミサリひとりではエインヘリヤル神殿まで行けないから、一緒に来ただけだ」

わかりきっていた返答なので、アレクシスは平静に受け止める。

だが不快そうに足踏みをしたミサリが、ロキの袖を引いた。

「まだ神殿には行きませんからね。聖女の力は溜まっていないから、時間が必要です。それにこんな汚い村に泊まれませんから。さっきの町に戻りましょうよ、ロキ様」

「そうだな。今日は様子を見るだけだ」

ミサリに祈りを捧げるつもりはないようで、ただ見学に来ただけらしい。まったく迷惑なことである。

アレクシスが嘆息を零していると、村の子どもが不思議そうな顔をしてミサリに近づいた。

「えっ、聖女さまなの？　だって、さっき……」

「きゃあ！　きったない子ども！　さわらないでくださぁい」

ミサリは傍に寄ってきた女の子を両手で突き飛ばした。

小さな体が水溜まりに尻餅をつく。

泣き出した女の子を、母親が慌てて抱き起こしてミサリから離れた。

それを見ていた村人たちの間に、冷めた空気が漂う。

救済してくれる聖女の所業とはとても思えない。

不信感を込めた眼差しが、ロキとミサリに注がれた。

子どもを突き飛ばすような聖女に、国民を救う力などあるわけがない。

だが彼らはそんな村人たちの視線など意に介さず、動かない馬車を不満げに見やった。

「まったく、役に立たないな。この馬はダメだ」

まだ町に戻れないのが嫌になったのか、ロキはふらりと村の端へ向かった。

王太子と聖女に失望した村人たちは、次々に家の中へ入っていった。アレクシスは困惑している騎士団員たちに指示を出そうとしたが、つとロキの動きに目を留める。

ずらりと並んだ騎士団員の馬を眺めていたロキが、ラグナロクの正面に立った。

「この馬がいいな。父上が褒めていた黒馬だから、僕が使うのにふさわしい」

「馬の前に立つな！」

アレクシスが鋭い声を上げたそのとき、ラグナロクが前脚を蹴り上げる。

「うわっ」

咄嗟にロキは飛び退いたが、その勢いで水溜まりに突っ込む。

ロキの服は泥まみれになり、顔には泥水が撥ねていた。

馬の正面に立つのは、馬を威圧することになるので禁忌である。通常は横に立たなければならない。乗馬する者なら当然知っている常識だ。

ましてラグナロクは気性が荒く、アレクシス以外の人間を乗せない。不用意に近づいたロキが悪いのである。

「ロキ様ぁ、大丈夫ですか？」

ミサリが声をかけるが、彼女はロキに手を差し伸べようとはしない。手助けしたら自分の服が汚れるからだろう。

騎士団員たちは冷めた目で、ラグナロクを奪おうとしたロキを見ていた。

恥を掻かされたと思ったのか、ロキは従者に向かって命令する。

「おまえたち、なにをしている。この無礼な馬を殺せ！」

その台詞に、アレクシスの双眸が燃え立つ。

ラグナロクは数多の戦場をともに駆け抜けた勇者だ。彼を殺すのは許さない。

すらりと腰に佩いた剣を抜いたアレクシスは、無様に尻餅をついたままのロキに立ち塞がる。

剣先を向けると、ロキは目を見開いた。

「俺の死体を踏み越えてから、ラグナロクを屠殺しろ。やれるものならな」

「な、なんだと……？　僕に向かって、よくも……」

水溜まりから立ち上がったロキは、腰に帯びた剣を抜く。

だが、その手は震えていた。構えはまったくの素人同然だ。しかしロキは威勢だけはよい。

「望みどおり、貴様から殺してやる！」

「上等だ」

王子同士の睨み合いに、騎士団員は緊張を漲らせる。

怪我をするのはロキのほうだが、向かってくるなら容赦はしないつもりだ。

ロキの従者は戸惑っていたが、おずおずと進言する。

「あの……ロキ様、馬車が出せますが……」

「そうですよぉ、兄弟喧嘩してもなんの得にもならないじゃないですか。早くこんな村から移動しましょう」

ぬかるみから脱出できたので、隣町へ戻れるようだ。

呑気なミサリは、さっさと馬車に乗り込む。彼女は「キタネー」と謎の言葉を唱えながら、座席から足を振ってハイヒールの泥を落としていた。淑女とは思えない下品な仕草だ。

ミサリの説得が利いたのか、後ずさりしたロキは距離を取ってから剣を収める。

「覚えていろよ。僕への非礼は忘れないからな」

「今度は馬の横に立つことを覚えるんだな」

互いに捨て台詞を吐いたあと、アレクシスも剣を鞘に収める。

ロキとミサリを乗せた馬車は逃げるように村から出ていった。

騎士団員たちの間に安堵の息が零れる。

ラグナロクは小馬鹿にしたように鼻を鳴らしたが、なにかに気づいたようで、ぴくりと耳を立てた。

セラを乗せたマーニが戻ってきたのだ。

ロキたちの馬車は街道を駆けていったが、それとは異なり、マーニは森の小道から姿を現す。

「ご苦労だった、セラ」

騎士団員たちは撤去作業に従事していたが、セラだけは諜報活動にあたっていた。ロキが邪魔をしにやってくると予想したからである。

マーニから下馬したセラは、神妙な顔で報告した。

「隣町に王太子が雇ったと思われる私兵が集まっています。村の周辺にも潜伏しています」

「ほう……」

ロキは戦いを仕掛けるつもりらしい。

辺境の地でアレクシスを亡き者にしようという魂胆なのだろう。アレクシスさえ殺せば、邪魔者がいなくなる。王座は必ずロキのものになる。

虚勢を張り続けていても、内心は自分に自信のないロキなら、いつかそうするだろうと思っていた。戦場で功績を上げるアレクシスは彼にとって、コンプレックスを刺激されるだけの鬱陶しい存在なのである。

父に露見したら王太子の位を剥奪されかねないが、「アレクシスは事故で死んだ」などと言って乗りきるつもりかもしれない。

そうすると、フレイヤはどうするつもりなのか。

ミサリとしてはフレイヤを殺したいだろうが、ロキにとって彼女を失うのは損でしかない。

フレイヤを婚約者にしたアレクシスに怨嗟を吐いていることからも、婚約破棄を後悔しているのは明らかだ。オーディン王が病から回復するまでの間、彼女が文官たちとともに徹夜で書類を処理していたのを見ている。仕事をする気のないロキは、実はフレイヤがミサリよりも役に立つ婚約者だったことに気づき、惜しいことをしたと思っているはず。

もし、聖女に近い祈りの力がフレイヤにあると知ったら、ミサリの代わりに使うことも考えられる。

そんなことはさせない。

もうフレイヤは俺のものだ……。決してロキには渡さない。

アレクシスの黄金色の双眸が、剣呑な色を帯びる。

これまで不遇だった彼女を幸せにできるのは自分だけだ。いずれロキとは最終的な決着をつける必要がある。

ひとまず、フレイヤのためならば、命を懸ける覚悟はできている。

神殿へ向かうには必ずこの村を通らなければならない。

ここが戦場になるならば、用意が必要だ。

「村人の安全を守らなければならないな。俺は村長と話をする。セラは引き続き、ロキの動向を注視してくれ」

「承知しました」

胸に手を当てたセラは、ひとまずマーニの手綱を引いていく。

騎士団員たちは一日の作業を終えて、充実した顔を見せていた。それぞれ馬に餌をやったり、野営の支度を始めたりしている。家から出てきた村人たちが騎士団員たちをねぎらっていた。

この平穏を守るべき責務がアレクシスにはある。

ロキの思いどおりにはさせない。

戦いを仕掛けてくるのなら、容赦はしない。

だが、自分が勝てばよいというものではない。村への被害は避けなくてはならないのだ。

俺がすべてを守る。王国の平和も、フレイヤの命運も――。

踵を返したアレクシスは、村長の家へ向かった。

第五章　エインヘリヤル神殿の死闘

ぽつんと、フレイヤは暗闇に佇んでいた。

ここはどこだろう。

そうだわ、私は神殿で祈りを捧げていて……。

誰もいない。なにもない。ただ暗闇が広がるだけの空間にひとりきりだった。

心細さを覚えていたそのとき、フレイヤの目に白刃が映った。

剣を手にしているアレクシスが迫ってくる。

「アレクシス……なにをするの？」

いつもの彼とは違う。アレクシスは険しい眼差しをフレイヤに向けていた。

一閃が放たれると、フレイヤの胸元を飾っていたペンダントの鎖が切れる。

煌めくルビーのペンダントは、アレクシスの手に落ちた。

「これは返してもらう」

「えっ、でも、それは……」

困惑したフレイヤは手を伸ばそうとした。

そのペンダントがなければ、アレクシスの妃として認められないのではないか。それに、雨をやませる能力もなくなってしまう。

だがアレクシスは剣を突きつけてきた。

じりじりと後ずさりするフレイヤは、いつの間にか崖っぷちに立たされていた。

「待って、アレクシス、助けて……」

弱々しくつぶやく声が、谷底から吹きつける風の音に掻き消される。

フレイヤの喉元に剣先を当てたアレクシスが、無情に言った。

「生贄になってくれ」

信じられない言葉に息を呑む。

まさか、彼に殺されるというバッドエンドを迎えてしまうなんて。

嘘……アレクシスが、私を殺すなんて……。

崖から足を滑らせたフレイヤは、谷底に落下していった――。


「はっ！」

ベッドから飛び起きたフレイヤは目を見開く。

夢――？

室内にはカーテンの隙間から朝陽が射し込んでいた。エインへリヤル神殿で暮らして十日が経過したが、いつもの穏やかな朝を迎えている。

隣室のヘズ司教が起き出して、キッチンで朝食の支度をしている音がかすかに聞こえた。

深い息を吐いて、胸に手を当てる。まだ動悸が収まらない。

まさか、アレクシスに殺される悪夢を見るなんて。

これもバッドエンドを迎えるのを恐れるがゆえだろうか。

「疲れているのかしら……。そんな心配はしなくていいのにね」

ベッドから下りたフレイヤはカーテンを開けた。

ルビーが輝きを放ったのは初めの日だけだったけれど、毎日祈りを捧げている。あれから雨は降らず、晴天が続いていた。

アレクシスは一日おきに神殿を訪ねてきて、村の状況を教えてくれる。天気が回復したこともあり、復旧は順調に進んでいるようだ。フレイヤが空き時間に作成した復旧計画書を渡したら、とても喜んでくれた。役に立つことを願いながら、さらに王への報告書も記している。

すべてが順調に進んでいる。

バッドエンドは訪れない。あれは複数あるルートのうちのひとつに過ぎないのだから。

村を復興させたら、みんなで王都へ帰れる。そして悪役令嬢フレイヤは、アレクシスと結婚するというハッピーエンドで終われるはずだ。

希望を胸に秘めたフレイヤは、晴れ渡る山の景色を眺めた。

胸元のルビーは朝陽を受けて、きらりと光っている。


ヘズ司教とともに朝食を終えたフレイヤは後片付けを手伝う。

食事はパンと水、それに村人が作ってくれたおかずのみという質素な暮らしだが、フレイヤは満たされている。それも理解ある人々に囲まれて、自分の力を発揮できるという環境に置かれているからだと感じていた。

ヘズ司教が朗らかな笑みを浮かべ、テーブルでお茶を淹れる。

「フレイヤ様、お茶が入りましたよ」

「ありがとう、ヘズ司教。いただきます」

穏やかなヘズ司教はフレイヤに親切に接してくれる。高齢で足腰が弱っているため、神殿内しか動けないが、村の支援者が食物を届けてくれるので不自由はないそうだ。

テーブルに戻ったフレイヤはヘズ司教とともにお茶を飲む。

毎日祈りを捧げながら、こうして穏やかに過ごすのは平穏そのものだった。

晴れている屋外に目をやりながら、つとヘズ司教はつぶやきを漏らす。

「今日はアレクシス様が神殿にいらっしゃいます。何事もなければよいのですが……」

なぜかヘズ司教は顔を曇らせている。

アレクシスが神殿を訪れたときは作業の進捗を伝えてくれて、ヘズ司教とも和やかに会話している。それなのに、なぜ今日に限って気にするのだろうか。

「どうかしたのですか、ヘズ司教」

首を傾げたフレイヤが訊ねると、司教は「実は……」と語り出した。

「昨日神殿を訪れた村人が話していたのですが……王太子と聖女が村を訪れ、村人に対して大変不躾な態度だったとのことです。アレクシス様の馬を奪おうとして、揉めたとか。初めはわたくしどもに余計な心配をかけないよう黙っていたそうですが、その後も何度かやってきた彼らに揉め事を起こされるので、見かねて伝えたとのことで、気になりまして」

「えっ……そんなことがあったんですか？」

なんと、ロキとミサリがすでに麓の村に来ていたようだ。アレクシスはそのことについてなにも言っていなかった。どうしてだろう。

しかも本来は聖女のミサリがエインへリヤル神殿で祈りを捧げるはずなのに、なぜここを訪れないのか。もう雨はやんでいるので、聖女がいなくてもよいと言えばそうなのだが、司教への挨拶くらいはすべきではないか。村内で揉めたことと関係があるのだろうか。

不審なものを覚えたフレイヤは眉をひそめる。

「村でなにかあったのなら心配ね……。アレクシスが来たら、聞いてみます」

「そうしていただけますと幸いです。わたくしは神殿の外まで迎えにまいりましょう」

「わかりました。では、私は祈りを捧げています」

お茶を飲み終えたフレイヤは席を立つ。

小さなキッチンでカップを片付けてからバルコニーへ戻ろうとすると、神殿の出入り口に立って外を眺めているヘズ司教の後ろ姿が、廊下の向こうに見えていた。

こぢんまりとした神殿なので、誰かが訪れたらどこにいてもすぐにわかる。

安心したフレイヤは祭壇の前に跪いた。麓のほうを見ると、朝陽に照らされた村は穏やかに佇んでいた。

天を仰ぎ、陽射しの中で祈りを捧げる。

午前中は何事もなく緩やかな時間が過ぎ、昼食を経て、また祭壇へ戻った。

そろそろアレクシスが来てもよい頃だが、まだだろうか。ヘズ司教は迎えがてらに外の景色を眺めているが、なんだか胸騒ぎがする。

気になったフレイヤは、ふと麓の村に目をやる。

「……あら？」

村が土煙に包まれている。目を凝らすと、大勢の人が動いているように見えた。

こんなことは初めてだ。昼食を取っている間に、なにかあったのだろうか。

心配になって村のほうを見続けていると、神殿の出入り口からヘズ司教の声が耳に届く。

誰かが来たようだ。アレクシスだろうか。

振り向いたフレイヤは立ち上がり、バルコニーから出ようとした。

だが、思いがけない来訪者に行く手を阻まれる。

「こんにちは、フレイヤ様。わたしの代わりに雨をやませてくれて、ご苦労様でしたぁ」

「ミサリ……！」

純白のローブをまとったミサリは、にこりと可愛らしい笑みを浮かべる。

ミサリはひとりだった。

もしかして、祈りを捧げるために単身で神殿へやってきたのだろうか。もとからフレイヤは、ミサリが到着するまでの代理だったので、彼女が来たなら祈りの役目を引き継げる。

ほっとしたフレイヤは胸元に手をやる。

「このルビーの加護らしいの。偶然かもしれないけれど、雨がやんでよかったわ」

「あぁ……そのペンダントって、王様から側室のお妃様へのプレゼントなんですよね。なんで雨がやんだのかなって思ったけど、まさかそんな力が秘められていたなんて知らなかったなぁ」

粘着質のようなミサリの声に、怖気が背筋を這い上がる。

今までは小動物みたいな可愛らしさを醸し出していたミサリから、昏《くら》いものを感じた。

「……ところで、今日からはミサリが祈りを捧げるのよね？」

「ちゃんと祈りますよ。その前に、やることやってからですけどね」

え、と首を捻ったとき、ミサリの手が獰猛に動いた。

一閃が放たれ、フレイヤの首元を刃が掠める。

はっとしたときにはもう、ペンダントの鎖がぶつりと切られていた。

「えっ……なにをするの⁉」

ナイフを手にしたミサリが、強引にペンダントを奪った。フレイヤの鎖骨の皮膚が切れて、たらりと血が滴る。傷は浅いものの、びりっとした痛みが走った。

煌めくルビーを握りしめたミサリは、悪魔のような笑みを浮かべた。

「うふふ。これさえあれば、わたしは真の聖女になれますからね。水害から王国を救済した聖女として、みんなに感謝されます。フレイヤ様は悪役令嬢として、ここから飛び降りて死んでくださぁい」

衝撃的な台詞に息を呑む。

ミサリはフレイヤを殺すために、ここへ来たのだ。しかも雨をやませた功績をすべて自分のものにしようとしている。

ということは、ミサリには初めから聖女の祈りの力はなかったのか。本人もそれを認めているような発言だ。

だがもっとも驚いたのは、ミサリが『悪役令嬢』という言葉を使ったことだった。

それはこの世界のフレイヤの役なので、自分しか知らないはず。

「どういうこと……なぜあなたは、私が悪役令嬢だと知っているの？」

「転生者が自分だけだと思ってたんですか？　実はぁ、わたしも乙女ゲームのプレイヤーだったんですよ。この世界の主人公はわたしでぇす」

なんと、ミサリも転生していたのだ。彼女の言動におかしなところを感じたことはあったものの、まさか同じ乙女ゲームのプレイヤーだったとは知らなかった。

乙女ゲームの主人公は聖女なのだから、最後に幸せになるのはミサリである。

悪役令嬢フレイヤを葬って、ヒロインはハッピーエンドを迎えるのだ。

なんてこと……私を殺すのは、ヒロインの聖女だったの……⁉

こんな筋書きは覚えがない。だとすると、これは裏ルートなのか。

ここでフレイヤが崖から飛び降りて死亡すれば、ミサリはフレイヤの死を悼み、王太子のロキと結婚する。ルビーの加護があれば雨を操ることができるので、彼女は真の聖女として認められるだろう。

ミサリの描いたストーリーに沿って、フレイヤは死ななければならないのか。

青ざめたフレイヤは必死に訴える。

「私を殺しても、罪からは逃れられないわよ！　ヘズ司教が事実を見ているわ」

バルコニーの戸口で、ヘズ司教は思いがけない事態に狼狽している。

ミサリはナイフを手にしているので、司教といえどもどうにもできない。聖女の乱心を目の当たりにした彼は天に祈っていた。

「ふふん。老いぼれなんか、どうとでもできます。司教はフレイヤ様のあとを追って飛び降り自殺したってことにしましょうね」

「なんてことを……。そんな非道がまかり通るわけがないわ。アレクシスは納得しないわよ。あなたが私たちを殺したら、彼が罪を暴くわ」

アレクシスはきっとフレイヤの死を不審に思うだろう。

ミサリの暴挙を、彼が暴いてくれるはずだ。

だが、ミサリは弾けたように笑い出した。

「あはははは！　アレクシス様は、もう死んでます。村でなにが起こってるか知ってますかぁ？　ロキ様の軍隊が攻め込んで、騎士団は壊滅状態ですよ」

フレイヤは目を見開く。

確かに、村から土煙が上がっているのを見た。

あれは戦いが起こったのを示していたのだ。ロキが村に攻め込むなんて信じがたい愚行だが、その兆候があったからこそ、アレクシスはフレイヤになにも言わなかったのかもしれない。

でも、アレクシスが死んだなんて信じられなかった。

「まさか、そんな……」

絶句するフレイヤを、ナイフを握りしめたミサリが追いつめる。

じりじりと迫ってくる刃を避けるため、後ずさりする。

すぐにバルコニーの端まで踵がついてしまった。掴まれるようなところはない。足を踏み外したら、谷底へ落下するだろう。

悪夢が現実になろうとしていた。

にやりとした笑みを浮かべたミサリが、ナイフをフレイヤの眼前にまで近づける。

「早く飛び降りてください。王様には、可哀想なフレイヤ様が罪の重さに耐えきれずに身投げしましたって言っておきますね」

「罪の重さ……？　私はなにもしていないわ。あなたに冤罪をかけられただけよ」

「そうなんです、冤罪ですよぉ。わたしが王妃になってハッピーエンドを迎えるために、悪役令嬢のフレイヤ様には処刑エンドを迎えていただかないと困るんです。でも、ここで身投げエンドでも結果オーライですよね」

晴れやかな笑顔は狂気じみていた。

ミサリは自身のハッピーエンドを迎えるために、フレイヤを陥れたのだ。そして今こうして、処刑を完遂しようと身投げを迫っている。

フレイヤが死んだあと、オーディン王に泣きながら訴えるのだろう。

自分はフレイヤの自殺を止めたが、彼女の意思は固かった。今後は聖女として王妃として、王国のために尽くす。……と、ルビーのペンダントをこっそり隠し持ちながら。アレクシスがいなくなれば、ロキは間違いなく次の王に即位できる。おそらく隣国が攻めてきたとでも言い訳するのだろう。第二王子を葬り、騎士団と村人たちを殲滅《せんめつ》したら、誰も目撃者がいなくなる。

ミサリが主人公とはいえ、そんな残虐な行いが許されるのか。

こんなルートは認めないわ……でも、どうしたら……。

フレイヤの背後で谷から突風が吹きつける。

煽られて体が飛ばされそうになったとき、ミサリがナイフを振り被った。

菫色の瞳に白刃が映る。

だがその煌めきよりも、フレイヤの脳裏にはアレクシスの優しい笑顔が閃いた。

そうよ、死ねないわ……！

咄嗟にミサリの腕を掴み、力を込める。

「あっ、なにするんですかぁ！」

バランスを崩しそうになったミサリの手から、するりとナイフが零れ落ちた。

白刃は一直線に谷底へ向かって落ちていく。

するとと武器を失ったミサリが反撃した。フレイヤの首を締め上げ、必死に落とそうとする。

「生贄になってくださぁい、わたしのために！」

「くっ……」

ふたりは激しく揉み合う。

一瞬でも気を抜いたら、足を踏み外してしまう。

首を絞めるミサリの腕を懸命に押さえながら、フレイヤは踏み留まった。

だが、ミサリの力に負けそうになった、そのとき――。

凄まじい力でミサリの体が弾き飛ばされる。

「きゃあっ！」

バルコニーに転がった彼女はすぐに起き上がれず、もがいていた。

ミサリが落としたペンダントが床に転がる。

フレイヤの体は、しっかりと逞しい腕に抱き留められる。

「無事か、フレイヤ！」

アレクシスが助けに来てくれた。

強靱な胸に抱き込まれ、驚きとともに喜びが湧く。

彼は無事だったのだ。死んだなんて、嘘だった。

「アレクシス……来てくれたのね」

「もう大丈夫だ。遅くなってすまない」

ほっとして彼の体温に身を委ねると、体の力が抜けた。

フレイヤを抱きかかえたアレクシスは祭壇から離れる。

だけど安堵したのはほんの少しで、すぐにフレイヤは戸惑いを浮かべた。

「アレクシス、その怪我はどうしたの？」

彼の頬から血が流れていた。剣が掠めて切れた傷のようだ。

それに漆黒の団服も所々破けて、泥や返り血を浴びている。戦ったあとのような様相だった。

「ロキの私兵が襲ってきたんだ。村人たちは全員安全なところに避難させた。戦いはまだ続いているが、ミサリがいないのに気づいたので、俺だけここまで追ってきた。こちらが優勢だから心配はない」

「そうだったのね。やっぱり、ロキが……」

ミサリは騎士団が壊滅したと言ったが、そんな事態にはなっていなかった。きっと不利な状況を悟ったミサリは、フレイヤだけでも殺そうと思って神殿へやってきたのだろう。

そのとき、身を起こしたミサリが叫ぶ。

「ロキ様ぁ、早くなんとかしてください！」

はっとして振り向くと、神殿に入ってくるロキが見えた。

ロキは剣を手にし、複数の私兵を引き連れている。彼も村での不利な戦いを投げ出して、ミサリに加勢しようと追ってきたのだ。

彼らが神殿へ踏み込もうとするのを、ヘズ司教が止めようとしたが、私兵が突き飛ばした。

暴挙を働く彼らを許すことはできない。

アレクシスは背中にフレイヤを庇うと、腰に帯びた剣を抜く。

「来たか、ロキ」

「貴様のせいで僕の軍隊は壊滅しそうじゃないか！　どうしてくれるんだ」

「王太子が村人を襲うという愚行を防いだまでだ。おまえの横暴を、オーディン王は許さないだろう」

歯噛みしたロキは剣をかまえる。

彼の目つきは狂気を帯びていた。

「貴様さえいなければいいんだ！　妾腹のくせに、ずっと目障りだった。この場で殺してやる。――おい、アレクシスを殺せ！」

命じられた私兵たちが、アレクシスに襲いかかる。

ロキは卑怯にも、私兵たちをアレクシスに挑ませ、自分は安全なところで傷つかないつもりなのだ。

十名ほどいる私兵たちがバルコニーで剣を振るい上げる。アレクシスは果敢に攻めた。鋭い音が鳴り響き、剣戟《けんげき》の火花が散る。

「フレイヤ、逃げろ！」

アレクシスの声が響き渡る。

大勢を相手にしていたら、いずれは追いつめられてしまうだろう。

フレイヤの背後には裏道へと続く扉があった。

アレクシスが戦って盾になっている間に、ここから出て階段を下りれば、ひとりだけ逃げられる。そうすれば、ミサリに崖から突き落とされて生贄にされることはない。アレクシスに殺されるという本来のバッドエンドからも確実に逃れられる。

悪役令嬢のフレイヤは、ひっそりと暮らしたという無難なエンドで人生を終われるはず。

でも、私が逃げ出したら、アレクシスは殺害されるわ……。

彼を見殺しにして自分が助かるべきか。

そこに正義はあるのか。

ふと、泉で遭遇した妖精を思い出した。

あの妖精はバッドエンドへと導く悪だったのか。それともフレイヤだけが助かるという、よいことを呼ぶ善の妖精なのか。

きっと俺たちにいいことが起こる前触れだ――。

アレクシスは優しい笑顔を浮かべて、そう言った。

その彼は今、必死に戦っている。

背後の扉のドアノブに手をかけたフレイヤは、すっとその手を離した。

いいえ、未来は自分で切り開くものだわ。運命に振り回されたりしない。私を助けてくれたアレクシスを、見捨てるなんてことはできない！

咄嗟に床に落ちたままだったペンダントを拾い上げる。

ルビーの宝玉は深い輝きを湛えていた。

それを高々と天に掲げる。

きらりとルビーが光ると、空が不穏な気配に包まれた。神殿の上空に灰色の雲が形成されていく。

剣の音が響く中、ぽつりと雨粒が落ちてきた。

瞬く間に土砂降りになり、バルコニーに水が溜まる。

足元を滑らせた私兵たちはアレクシスの剣に倒れていった。残った者たちも逃げ出していく。

「お、おい、僕を置いて逃げるな！」

狼狽したロキは辺りを見回すが、もはや味方は誰もいなかった。ミサリは雨を避けるため屋根のあるところに移動して、ローブについた雨粒を払っている。

アレクシスは剣先をロキに突きつけた。

「勝負しろ、ロキ」

「くそっ……僕を馬鹿にして……」

剣柄《たかび》を握りしめて、身を守るように引き寄せたロキは背を丸めていた。

だが突然、弾かれたように雄叫びを上げると、アレクシスに向かっていく。

稚拙な剣技を、アレクシスは一蹴した。

わずか一閃で、ロキの剣は弾き飛ばされる。

その途端に背を向けたロキは脱兎のごとく逃げ出した。

彼はミサリを置いて、自分の命を優先させたのだ。

置き去りにされたミサリは愕然として、転がるようにあとを追いかける。

「ロキ様、ひどぉい！　攻略対象が負けたらハッピーエンドにならないじゃないですかぁ」

もはや彼らに打つ手はないだろう。

逃亡したふたりに残された道は、罪を償うことしかないと思える。

「相変わらず、逃げ足だけは速いやつらだ」

戦いを終えたアレクシスは剣を収める。

フレイヤが手を下ろすと、すうっと雨がやんだ。頭上の雲は何事もなかったかのように散っていく。神殿の上空だけに豪雨が降り注いだのだ。

咄嗟の判断だったが、まさか宝玉が雨をやませるどころか、雲を操れる奇跡の力があるなんて思わなかった。

「村へ戻ろう。騎士団員がやつらを捕縛するはずだ。それに怪我人の手当てをしなければならない」

「私も手伝うわ」

アレクシスとフレイヤは、腰を抜かしているヘズ司教を抱えた。

ショックを受けて消沈している司教を背負ったアレクシスとともに、道を下りていく。

「アレクシスは怪我はない？」

「かすり傷だ。フレイヤも、血が出ているな」

首元の傷に手を当てたフレイヤは、微苦笑を零す。

「これくらい平気よ。私は悪女だもの」

「悪女は、ミサリのほうだ。彼女の行いは王国を守る聖女のものではない。ロキのしたことも併せて、オーディン王に報告する」

「そうね。村への損害もあっただろうし、隠し通せるわけはないわ」

ふたりは王宮へ戻って、今回の言い訳をすると思える。彼らの犯した罪を明確にしなければならない。ロキとミサリのふたりには、きつい罰を与える必要がある。

卑怯なロキに屈しなかったアレクシスの勇気を、フレイヤは誇らしく思った。

「ありがとう……。アレクシスのおかげで助かったわ」

「俺のほうこそ、フレイヤに助けられた。まさか、雨を降らせる能力があったとはな」

「私の力じゃないの。このペンダントに秘められた力があったのよ」

フレイヤは手にしたペンダントを見せる。

ルビーは静かに輝きを放っていた。

フレイヤは聖女ではない。特別な力があるわけでもない。

ただ、愛する者を救うために行動しただけだ。

まだ濡れている黒髪を頭を振って払ったアレクシスは、フレイヤを見つめる。

「俺が逃げろと叫んだとき、なぜ逃げなかった？　勝算があったからか？」

「この世界のどこへ逃げても、どうにもならないわ。だって私はあなたの妻になるんだもの」

すっきりした顔で、フレイヤは階段を下りる。

戦いは終わり、勝利した。

どうやら悪役令嬢フレイヤは、バッドエンドを回避できたようである。

それもアレクシスが尽力してくれたおかげだ。そして、このルビーの加護があったからだろう。

フレイヤの言葉を聞いたアレクシスは、笑みを浮かべる。

黄金色の双眸が嬉しそうに細められていた。

「そのとおりだな。フレイヤがどこへ行こうとも、俺は捜し出して必ず妻にする。たとえほかの男のものだろうが、別の世界にいようが、おまえを抱き上げてさらおう」

「あなたの執念は相当なものね……」

彼の独占欲には脱帽する。この調子ではフレイヤがもといた世界に戻ったとしても、アレクシスは追いかけてきそうである。

空は晴れ渡っていた。

麓の村へ下りると、アレクシスたちを見つけたセラが駆け寄ってきた。

「皆様、ご無事ですか？　逃げてきた王太子と聖女は捕縛しています」

屈強な騎士団員の手により、縄をかけられた私兵たちが一角に集められていた。その中にはロキとミサリの姿もある。

ミサリが号泣する声が虚しく響き渡っていた。

彼らを一瞥したアレクシスはセラに指示を出す。

「よし。村の安全は確保されているようだな。まずは被害の確認だ。――ヘズ司教を手当てしてやってくれ」

アレクシスが背から下ろすと、ヘズ司教は自らの足で立ち、セラとともに歩いていった。

周りを見ると、村人たちは破壊された家屋を片付けている。騎士団員たちも忙しく立ち回っていた。ラグナロクは瓦礫を積んだ荷車を引いている。

「さあ、これから忙しくなるわ」

「まずは怪我の手当てだ。フレイヤ、こちらに来い」

アレクシスに手を引かれたフレイヤは、首元の傷に薬を塗られる。

彼の傷にも薬を塗った。ふたりは微笑みを交わして、生き残れたことを喜び合った。


村での復旧作業が一段落した騎士団とフレイヤは、三か月ぶりに王都へ帰還した。

雨がやんだこともあり、水害からの復旧は順調に進んだ。フレイヤの作成した計画書は大いに役立ち、橋や堤防は修復できた。

ロキたちが破壊した家屋の損害はさほどでもなく、村人は避難させたため、怪我人がいなかったのが幸いである。捕縛したロキとミサリ、そして私兵たちは格子のついた馬車で王都へ移送された。

謁見の間でオーディン王に一連の報告を行ったアレクシスとフレイヤは、深く頭を下げる。

すべてを記した報告書を手にした王は唸り声を上げた。

「ううむ……。ヘズ司教と村長からも報告は受けておる。ロキとミサリの虚言、及び暴挙は断じて許されぬ」

すぐさま王は、ロキとミサリを呼び出した。

監視付きで自室に籠もっていたふたりは、侍従に連れてこられた。仏頂面で謁見の間に現れたことからも、反省の色は見られない。ふたりはアレクシスとフレイヤを無視して、目を逸らしていた。

オーディン王はふて腐れている王太子に重々しい口調で言った。

「ロキよ。そなたが呼び出されたのはなぜか、わかっているか」

「わかりません。僕にはなにも身に覚えがありません」

飄々と吐き捨てるロキに、王の嘆息が零れる。

「そなたが私兵を編成して村を襲ったことは、多数の村人や騎士団員が目撃している。アレクシスたち騎士団は村を守るために必死に戦った。さらに雨を止めたのは聖女ではなく、フレイヤであると、ヘズ司教は証言した。フレイヤを殺害しようとした聖女に荷担し、そなたはアレクシスを亡き者にしようとした。そなたらはふたりを殺害するためにこのような暴挙に及んだのか。聖女の付き添いのためにエインへリヤル神殿へ行くと余に言ったのは、嘘だったのか？」

「嘘ではありません！　ただ、その……ミサリが祈りを捧げられなかったのはアレクシスのせいなのです。だから僕はその仇を討とうとしただけです」

「ほう。そなたはアレクシスに剣で敗れたあと、ミサリを放り出して逃げたと、ヘズ司教は証言している。アレクシスの報告書にもそのように記されている」

「だから……アレクシスが僕を脅かそうとしたからです。僕は命を狙われたのです！」

支離滅裂な言い訳を続けるロキは、哀れだった。

彼は自らの保身しか考えないのだ。

険しい顔をした王は、厳しい沙汰を申し渡す。

「そなたの王太子の位を剝奪する。アールヴヘイム地方のさらに僻地へ行き、畑を耕して暮らすのだ。そなたが民の信頼を損ねたことは、断じて許しがたい」

「そんな……父上、あまりにもひどいです！　僕は正妃の息子なんですよ」

「だからこそ甘やかして育ててしまったようだ。ロキよ、そなたに王座を譲るわけにはいかぬ。次期国王である王太子は、アレクシスとする」

呆然としたロキは立ち竦んでいた。

アレクシスが、王太子に――⁉

フレイヤは驚きに瞠目する。

ということは、彼の婚約者であるフレイヤは王太子妃という地位に就き、いずれ王妃になる。

ロキの婚約者だったときは、不確かな未来だと思っていた。

だけど今は違う。

アレクシスの妻になるという自覚があるから、はっきりと道筋が見えた。

オーディン王はアレクシスとフレイヤに、茫洋な眼差しを送る。

「よいな、アレクシス。余のあとを継ぎ、ヴァルキリア王国を幸福と繁栄に導くのだ」

「はい、父上。王太子となり、王族の責務を果たします」

「フレイヤも、よいか？　ロキのことでそなたには苦労をかけた。だがアレクシスとなら、そなたの真価が発揮され、幸福になれるだろう」

「かしこまりました、陛下。王太子となったアレクシスを支え、変わらず陛下への忠誠を誓います」

ふたりは王に頭を下げる。

ところが、ロキの後ろで唇を尖らせていたミサリが異議を唱えた。

「ちょっと待ってくださぁい！　わたしが聖女なんだから、この世界の主役はわたしです。それなのに、どうしてフレイヤ様が王妃になるんですか。こんなルートは受け入れられません」

どきりとしたフレイヤは、胸に手を当てる。

聖女であるミサリを中心として、この世界は回っているはずだった。それなのに悪役令嬢であるフレイヤが王妃になったら、ミサリはバッドエンドを迎えるも同然である。

やはり王国の聖女として、ミサリは優遇される存在なのか。

フレイヤが一抹の不安を抱いていると、オーディン王は重々しく告げる。

「ミサリよ。そなたから、聖女の位を剝奪する」

「……へ？」

王からの沙汰を聞いたミサリは、ぽかんと口を開けていた。

聖女でなければ、この世界の主役ではない。この瞬間、聖女ミサリは、ただのミサリになった。

「そなたはロキと共謀し、私兵を使って村を襲わせた。さらにエインヘリヤル神殿において、フレイヤを殺害しようとした。それらはすべてロキの所業と同様に目撃者により証言されている。そのような非道を働く者を聖女とは認められぬ」

「違うんです！　あれはぁ……ロキ様がそうしろって言ったからですぅ。だってフレイヤ様はそもそも初めにわたしを殺そうとしたんですよ。婚約破棄されて処刑になるはずだったのに、まだ生き延びてるじゃないですか。危険を回避するための正当防衛なんです」

「あの罪については疑問がある。現在、証拠品を鑑定させている。――だが、エインヘリヤル神殿での殺人未遂については、ヘズ司教の証言がある。そなたはナイフでフレイヤを傷つけ、首を絞めて谷底へ落とそうとした。そのあとにヘズ司教をも自殺に見せかけて落下させると発言したそうだな。フレイヤの首元には刃物で切られた傷があるのを確認した。ペンダントの鎖が切れている箇所と一致する」

詳細を述べられ、ミサリは気まずげに視線をさまよわせる。誰に罪を被せようかと考えているのかもしれないが、言い訳すら出てこないようだ。

消沈していたロキが、ミサリに声をかけた。

「ミサリ、もう無理だ。僕と一緒に僻地へ行こう」

「嫌です！　全部ロキ様のせいですよ。わたしが聖女でなくなったら、わたしじゃなくなります」

「今になって僕のせいにするな。エインヘリヤル神殿でふたりを殺そうと言ったのは、きみのアイデアじゃないか。だからミサリの言うとおりに、フレイヤに神殿で祈りを捧げてほしいっていう王への嘆願を書いたんだぞ。全部ミサリのせいだろうが」

暴露するロキに、ミサリが「クズ！」と罵倒する。

醜い争いを繰り広げるふたりに、オーディン王が手を上げる。侍従がふたりを引き離した。

「ミサリは生涯を修道院で過ごすのだ。そこから一歩も出ることは許さぬ」

「ええ～⁉　そんなところに死ぬまでいるなんて無理ですぅ。王様、お願いです、許してください、わたしは聖女なんですよ」

必死に縋りつこうとするミサリはまったく反省していない。ひたすら自らの保身に走る姿は哀れだった。

「そなたは聖女ではない。罪人だ。――連れていけ」

ロキとミサリはまだ喚いていたが、侍従たちの手により退出させられる。

嘆息を零したオーディン王は、ヴァルキリア王国の未来を見据えるかのように、遠くを見つめた。

「村を襲った私兵たちは刑に処する。ロキとミサリの双方にも処罰を下した。これで、ヴァルキリア王国の秩序を乱す者は一掃された」

アレクシスは胸に手を当て、騎士の礼を執る。

「王の慧眼に感謝いたします」

ほっとしたフレイヤも、ドレスの裾を抓んで淑女の礼をする。

たとえ聖女であっても、ミサリの罪は許されなかった。

それはこの世界の輪が正しく回っている証なのだ。

これからは、アレクシスとともにヴァルキリア王国の平和を守っていける。

その未来があることを、フレイヤは誇りに思った。


王太子の位を剝奪されたロキは、質素な馬車でアールヴヘイム地方へ向かっていった。

事実上の蟄居《ちっきょ》となるが、心を入れ替えたなら王宮への登城を許すという最大限の温情を王からかけられた。

ミサリは別の馬車に乗り、修道院へ運ばれていった。彼女から反省や謝罪の言葉はなく、ひたすら恨み言を吐くばかりなので、修道院では厳しい生活を強いられるそうだ。大司教は聖女の位を剝奪されたミサリを見限り、王の判断に異議を唱えず沈黙を保った。

第二王子のアレクシスは承認式を経て、王太子となった。

大臣や騎士団員、そして文官たちまで、誰もがアレクシス王太子の誕生を喜んでいた。

フレイヤもあらためて、彼を支えていこうという決意を固める。

さらに、聖女ミサリを害しようとしたというフレイヤの罪について、冤罪であると証明された。

すでにオーディン王が処刑を取り消していたわけだが、冤罪かどうかについてはこれまで明確になっていなかった。

証拠品を集めたアレクシスはそれを鑑定させて、審議にかけた。その結果、毒を仕込んだり、ドレスを引き裂いたという行為はミサリの自作自演であると判断された。バルコニーへ呼び出したという手紙も、ミサリの筆跡であるという鑑定結果が出た。

すべてミサリがフレイヤを陥れて、自分が王妃になろうとした所業だった。

王国の人々は聖女のしでかした悪行を嘆いた。

だがもはやミサリは修道院に送られ、ロキも地方へ行ったので、ふたりは処罰を受けている。フレイヤは自らの名誉を回復することができただけで充分だった。

承認式を終えて屋敷へ戻ってきたふたりは、一息つく。

正装から着替えて、ゆったりとしたローブに身を包むと、ソファに腰を下ろした。

メイドの淹れた紅茶のカップを手にしたアレクシスは、安堵の笑みを浮かべる。

「今後は王宮へ住まいを移すことになるが、この屋敷はいつでも来られるようにしておこう」

「そうね。思い出の詰まった屋敷ですもの。……ユミルの塔からここへ連れてこられたのが、なんだか遠い昔のようだわ」

あのときはアレクシスの婚約者になったばかりで戸惑っていたが、まさか王太子妃になれるなんて思ってもみなかった。

ここまでフレイヤを導いてくれたアレクシスには感謝の念を覚える。

以前は宮廷の人々から、死神王子として畏怖されていた彼だったが、今日の承認式では凜々しい姿の新しい王太子を誰もが祝福していた。

温かい紅茶を口に含んだフレイヤは、ほうと息をつく。

「私は、この屋敷に来たばかりのときはあなたを疑っていたの。きっと王太子になりたいから私を助けて、利用しようとしてるんじゃないかって。もちろん私も処刑されたくないから、あなたを利用しようというつもりだったんだけどね」

「そういった損得は目先のことだ。俺がフレイヤを助けたのは、おまえの魅力に絆されたからだと、初めから言っていたとおりだが」

「……そうだったわね。私が悪女を演じなければいけないって、気負いすぎていたから、疑心暗鬼になっていたんだわ」

もはやフレイヤは、悪役令嬢を演じる必要はなくなった。

これからはアレクシスと結婚して、幸せな人生を歩んでいける。

悪女の枷が外れたら、素直な自分でいられるのだ。そのことに心が軽くなった。

カップをソーサーに戻したアレクシスは、指先でフレイヤの顎をくすぐる。

「そういうフレイヤも可愛らしい」

「あら。私は悪女のほうがいいかしら」

「どんなおまえでも好きだ。一目惚れだからな」

初めて聞いた彼の告白に、呆然となる。

まさか一目惚れだったなんて、ずっと知らなかった。

「えっ……そうだったの？　私たちが初めて会ったのって、いつだったかしら」

「騎士団の試合を見学に来たときだな。フレイヤが王太子の婚約者に選ばれたばかりの頃だ」

「そんなに前から……どうして言ってくれなかったの？」

「おまえを好きになったから奪いたい。……と、ようやく言えたな」

真摯な双眸で告白されて、思わずフレイヤは微苦笑を零した。

考えてみれば、あの頃からアレクシスがフレイヤに好意を伝えられるわけがなかった。

なにしろ兄の婚約者だったのだから。

それにしても、彼が自分をずっと前から好きでいてくれたなんて、まったく気づかなかった。

「不思議な巡り合わせね。……でも、あなたは私がほかの誰かのものでも奪う、と言ったわね」

「そうだとも。こうなったのは必然だ。まあ、俺のせいにしてくれていい」

チュッと、頬にくちづけられる。フレイヤの体を強靱な腕が抱き込んだ。

まだディナーの前ではあるが、窓の外には夕闇が迫っている。

淫靡な時間の始まりを感じて、期待に胸が弾む。

「ふふ。悪い男なんだから」

「でも、好きだろう？」

「うん……好き」

想いを伝え合うのは、至上の幸福だと感じた。

チュッ、チュと唇にキスされる。

やがてくちづけは深いものに変わり、濃密に互いの舌を絡ませる。

濡れた粘膜を擦り合わせて官能を高めていく。

アレクシスの雄々しい舌に追いかけられ、執拗に搦め捕られる。彼と唾液を交換して飲み込むのは、極上の食前酒となった。

「ん……ん、んふ……」

飲み込みきれない唾液が顎を滴り落ちる。

ちゅっと音を立てて下唇を吸い上げたアレクシスは、情欲の宿る双眸を向ける。

「おまえの体液は最高の美酒だ。もっと味わわせてくれ」

するりとローブの襟を開かれて、首筋にくちづけられる。

獰猛な接吻が肌を伝い下りていく。

フレイヤの柔肌には、いくつもの紅い痕が散らされた。

アレクシスに愛されると、いつだって最高の快楽へ導かれる。その期待に途方もなく胸が膨らむ。

ばさりと床に落ちたローブが、足元にまとわりつく。裸の肢体は強靱な腕の中に囚われていた。

このままでは、ベッドで体液を吸い尽くされてしまいそうだった。

承認式を終えたばかりなので、まだバスルームを使用していない。汗が気になったフレイヤは、ちらと隣のバスルームを見やる。

「ねえ、アレクシス……。先にバスルームを使ってもいい？」

「いいぞ。ただし、俺に抱かれながらな」

「ええ？」

キスをやめないアレクシスは、チュッと肩にくちづけると、フレイヤの体を軽々と抱き上げる。

横抱きにされたままバスルームへさらわれた。

すでにバスタブには湯が張ってあり、浴室には温かな湯気が充満している。

「一緒に入ろう。バスルームで抱き合うのも悪くない」

「もう……恥ずかしい」

「恥ずかしがるフレイヤも可愛いな」

相好を崩したアレクシスが、抱き上げているフレイヤごとバスタブに入る。

慎重に体を下ろされて、足を着けた。彼はまとっていたローブを脱ぎ捨てる。

だが強靱な腕は緩まず、しっかりフレイヤの体を抱き留めている。

抱き合いながら、ゆっくりとふたりはバスタブに浸かる。

白磁のバスタブはふたりで入っても充分すぎるほどの大きさだ。

フレイヤへのキスの雨はやまない。額や耳朶へ、チュッ、チュッと浴びせられる。

くすぐったくて身を捩る。そうすると、背後に回ったアレクシスに抱き込まれる格好になった。

足を伸ばして湯に浸かると、アレクシスが後ろから回した手で乳房を揉みしだく。

「あっ……ん……」

もう片方の手が前に回り、秘所をまさぐる。

花芯を探り当てられ、淫猥に指先が蠢いた。

感じるところを同時に愛撫されて、たまらない快感が湧き上がる。

逃れようにも、背後には剛健な男の胸がぴたりと密着しているので、身動きが取れない。

「あ、あん、一緒に、したら……」

「感じるだろう？　このまま達するんだ」

「やぁ……このまま、なんて……あっ、ん……」

バスルームには甘い喘ぎ声ばかりが響いている。

フレイヤが快感を得るたびに、チャプチャプと湯が波打つ。

感じるところを知り尽くした男の手が淫靡に弧を描いて、絶頂へと導いていく。

愛芽が淫らに捏ね回されて、きゅっと乳首を抓《つね》られる。

鋭い愉悦に体が跳ね上がり、がくがくと腰が揺れる。

「ひぁっ、あっ、あぅん、あ――……っ……」

湯気で霞む視界の中、凄絶な快楽に溺れる。

きゅうっと乳首を抓まみ上げながら、アレクシスは指先を蜜口に潜り込ませる。

そこはすでに愛蜜を滲ませていた。

「濡れているな……。すぐにでも咥えられそうだ」

「あ……あん、挿れて……」

腰を振ったフレイヤは甘い声でねだる。

剛直を咥えていない蜜洞が切なく疼いていた。今すぐに極太の雄芯を挿入して、空虚な蜜壺をいっぱいに満たしてほしい。

すると、両手で腰を抱えたアレクシスが、蜜口に先端を宛てがう。

ぐちっと切っ先が呑み込まれると、猛った肉棒が隘路に押し入ってきた。

「あっ、あぅん、んぁ――……」

ずん、と最奥を鋭く抉られ、極上の快感に意識が飛びそうになる。

挿入されただけで達してしまい、甘い芯に貫かれたフレイヤは男の膝の上で背を反らす。

「すごく締まってるな。やはりおまえの中は楽園だ」

余裕たっぷりのアレクシスは両の膨らみを揉みながら、ゆるゆると腰を使った。

巧みな腰の動きで、快楽が紡ぎ出される。

肉棒が媚肉をねっとりと擦り上げていく。

きゅうんと蜜壺が引きしまり、咥え込んだ楔を包み込んだ。

「あっ……あ……いい、きもちぃ……はぁ……」

体中を快感が駆け巡っている。気持ちがよすぎてたまらず、フレイヤは感じるままに腰を揺らめかせる。

たゆたう湯の中で肉欲に溺れるのは最高に心地よい。

アレクシスに抱かれているうちに、フレイヤはすっかり快楽を貪ることを覚えた。彼の手管に蕩かされて、極太の雄芯に貫かれ、耳元には誘惑を吹き込まれる。

さらにふたりは想いを伝え合ったので、心もつながっていた。

その安心感がさらなる快楽へと連れていく。

淫らに腰を突き上げるアレクシスは、耳元で囁く。

「いいぞ。もっと溺れろ。おまえは極上の女だ」

彼の甘さを含んだ低い声音が、体の芯まで蕩かせる。

ずっぷりと蜜洞に挿入された肉棒を濡れた内壁で扱きながら、愛欲の沼に意識を溶かす。

「あっ、あん、あ……い、いく……っ、ん……」

頂点を掴もうとした、そのとき。

ぐいっと頤《おとがい》を掬い上げられ、後ろを向かされる。

雄々しい唇に覆われて、ぬるりと獰猛な舌をねじ込まれた。

快感に痺れている舌を搦め捕られ、濃密に啜られる。

体のどこもかしこも感じているというのに、そんなことをされたらたまらない。

敏感な粘膜を擦り合わせると、ずくんと激しい腰の疼きを感じた。

「んっ、んく、んふぅ――……っ……」

びくびくと腰を跳ねさせながら、白い世界に没入する。

ねっとりと絡められた舌が熱い。

爆ぜた剛直の先端から迸る白濁が、しっとりと胎内を濡らした。

強靱な肉体の檻に囚われながら、最後の一滴を出しきるまで小刻みに腰を揺すられる。

絶頂にどっぷり身を浸し、濃厚な精をすべて体の深いところで受け止めた。

薄らと瞼を開くと、情欲の欠片を色濃く宿した双眸に射貫かれる。

「気持ちよかったか?」

「……うん」

ふたりの唇を銀糸が伝う。ぼんやりしたフレイヤは答えた。

黄金の瞳の虜になってしまう。

口端を引き上げて悪辣な笑みを浮かべたアレクシスは性懲りもなく、チュッとフレイヤの唇に吸いつく。

「俺はまだ足りない。おまえを貪り尽くしたい」

「えっ……」

彼はいつも貪欲にフレイヤの体を求めてくるのだが、もしかしたら絶倫なのだろうか。

戸惑うフレイヤは瞳を揺らすが、強引なアレクシスは遠慮しない。

ざばりとバスタブから立ち上がると、そのままフレイヤを横抱きにする。

「きゃ……！」

「摑まっていろ。手を離しても俺の腕からは逃れられないがな」

悠然とした彼はフレイヤを抱き上げたまま、軽々とバスタブを跨ぐ。

雄芯は外れたものの、突然体勢が変わったので、フレイヤは慌てて頑健な肩にしがみついた。

硬い筋肉が隆々としていて、てのひらに馴染む。互いの体が濡れているにもかかわらず、抜群の安定感がある。

たとえフレイヤが暴れても、子兎がもがいた程度にしかならず、彼は動じなそうである。

アレクシスはバスルームを出る間際に、大判のバスタオルをさらりとさらう。

腕にはフレイヤを抱えているというのに、流れるような仕草だ。

そのまま部屋のベッドにフレイヤの体をそっと下ろす。

背中をつけたときには、バスタオルが敷かれていた。

「ちょっと、濡れてるのに……！」

「だから体を拭いてやる。おとなしくしていろ」

バスタオルに包まれて、体の至るところを拭かれる。

布越しに大きな手が触れるので、くすぐったくて身を捩らせる。

しかも彼は脇や内股など感じやすいところまで、遠慮なく触れるのだ。

「待って、自分で拭くわ」

「それは許さない。おまえにまとわりついている水滴の一片まで、俺が取り去る」

まるで水滴が仇敵《きゅうてき》かのような言い方をするので、フレイヤは唖然とする。

彼は丁寧にフレイヤの肌を拭きながら、唇を寄せた。

チュウ……と柔らかい乳房に吸いつかれ、淡い痛みが走る。

まだ温かい肌に紅い花びらが咲く。

「んっ……」

チュ、チュッといくつもの所有の徴が刻まれる。この体の隅々まで、アレクシスのものなのだという証だ。

唇は乳房から胴へ下り、太腿に到達した。

内股の柔らかいところを吸われて、きゅうんと腰の奥が甘く疼く。

つい先ほどまで楔を咥え込んでいた蜜洞が、空虚さに戦慄いた。

また極太の雄芯を挿入されてしまうという期待に、肌が熱を帯びていく。

けれど、内股にキスしていたアレクシスは、花襞に触れようとしない。

内股を辿り、唇は膝から脛《すね》へと下りていった。

彼は本当にフレイヤの体をまとう水滴をすべて吸い尽くすつもりのようだ。

足の甲やくるぶしまで濃厚なくちづけを与えられ、爪先まで昂らせられる。

ぬるりと足の指に舌を這わせられて、その感触の心地よさに甘えた声が漏れた。

「あん……そんなところ……やぁ……」

「気持ちいいだろう？　声がそう語っているぞ」

かぁっと顔を熱くさせたフレイヤは、声を漏らすまいと唇を引き結ぶ。

だが足指のひとつひとつを舌で丁寧に舐られると、足先から腰にかけて快感が伝播し、耐えがたいほどの官能が湧き上がった。

唇が緩み、声が溢れそうになるのを必死にこらえる。

「んっ、ん……んぅ……」

「啼いてくれ。俺の女神」

懇願されて、絆されそうになる。

指の股を舌先で突かれ、びくんと腰が跳ね上がった。

すると、いっそう足指を舐めしゃぶられてしまう。

「あ、あっ……そんなに、したら……」

甘く淫らに攻められて、陥落しそうになる。

これほど足の指が感じるなんて思わなかった。彼の肉厚の舌でぬるぬると舐られると、体中が甘美な痺れに満たされていく。

なにも咥えていない蜜洞が切なくなり、無意識に腰を捻らせる。

すると、獰猛な舌が足の甲から脛を這い上がってきた。

それだけで、とろりと蜜口から愛蜜が滴り落ちてくる。

バスルームでの淫戯により、花襞は卑猥に濡れそぼっている。

「こんなに濡らして……ここも可愛がってほしいか？」

花襞を指でそっと掻き分けたアレクシスは、低い声で訊ねる。

男の美声にすら感じてしまい、ずくんと腰の奥が疼く。

ひくついた蜜口から、また愛液が滴り落ちたのが返事になってしまった。

「そ、そんなの、言えないわ」

口では戸惑うものの、フレイヤの熱を帯びた体はもはや我慢できない状態になっている。

大きく脚を開き、秘所を男の眼前にさらしながら、どきどきと胸を高鳴らせて愛撫を待ちわびていた。

「ひゃ……ぁ……！」

ぬるりと花襞に、生温かくて濡れたものが触れる。

アレクシスの雄々しい舌は、ねっとりと秘所を舐め上げた。

もうすっかり綻んでいる蜜口を丁寧に愛撫され、凄絶な快感が込み上げてくる。

「くぅ……、ん、あっ、はぁ……あぁ……ん」

ヌプヌプと舌先を蜜口にねじ込まれて出し挿れされる。まるで雄芯をそうするかのように淫猥な動きに反応して、きゅうっと花筒が引きしまる。

花芯もチュウッ……と吸い上げられて、どうにか達するのを耐える。

もはや我慢することに意味があるのかわからなくなっていたが、堰を切って溢れてしまいそうになるものを必死にこらえた。

顔を上げたアレクシスは、懸命に耐えているフレイヤを見やり、口端を引き上げる。

「達する可愛い顔が見たいな」

両脚を抱え上げられ、ぐちっと壺口に硬い先端が押し当てられる。

濡れた蜜口は美味そうに切っ先を呑み込んだ。

「あっ、んぅ、あはぁ――……っ」

ずぶずぶと極太の楔が埋め込まれていく。

しっとりと濡れた媚肉を擦り上げられ、壮絶な快感に襲われる。

とん、と最奥を突かれて、根元までみっちりと雄芯が埋め込まれたのを知る。

挿入されただけなのに、散々濃密に愛撫された体は限界を迎えていた。

今すぐにでも達しそうで、足の爪先までぴんと伸ばし、小刻みに震える。

少しでも動かれたら絶頂を摑んでしまう。

それなのにアレクシスは、ぐっとさらに腰を押し込む。

子宮口に熱く接吻された刺激で、瞼の裏に星が散る。

腕を伸ばした彼は、フレイヤの両手を取って、指を絡めた。

「ほら、好きなだけ啼くんだ」

絡めた手をシーツに縫い止められ、強靱な肉体に覆い被さられる。

逞しい腰が前後して、濡れた蜜壺を擦り上げた。

激しい律動に翻弄されて、快感の波にさらわれる。

グチュグチュとつながったところから漏れる淫靡な音色が室内に撒き散らされた。

「あっ、あ、あん、あっ、はぁっ、もう、いくっ……」

「いくんだ」

傲岸に命じたアレクシスは唇を塞いだ。

熱い肉体の檻に閉じ込められ、濃密なキスで征服される。

ねっとりと舌を絡めながら、どちゅどちゅと激しく先端が子宮口にくちづける。

上と下の両方の口にキスされて、欲の塊が弾け飛んだ。

「ん、んく、ふ……っ、んぅ――……」

甘い芯に脳天まで貫かれて、意識が白く染め上げられる。

純白の煉獄に囚われながら、爆ぜた雄芯から注ぎ込まれる白濁を胎内で受け止める。

愛しい人の精を、恍惚として受け止めた。

黄金色の双眸を細めたアレクシスは、白濁を出しきるように小刻みに腰を動かす。

その動きにも感じてしまい、フレイヤは小さな声を漏らす。

「ん、ぁっ……」

「可愛いな。ずっと離したくなくなる」

スカーレットの髪を撫でたアレクシスは、ちゅっと頬にキスをした。腰に挿入された雄芯は放ったばかりにもかかわらず、力を失っていない。彼は極太の楔を花園に突き入れたまま、キスの雨を降らせる。

額に瞼、鼻先に唇まで、チュッ、チュと甘いくちづけが与えられた。

「愛している」

「私も……愛しているわ」

見上げたアレクシスの双眸は、真摯な色を湛えていた。

愛する人と想いを通わせた喜びが、身のうちに染み込む。

フレイヤからも、彼の瞼にくちづけを落とす。

アレクシスは嬉しそうに微笑んで、唇に弧を描いた。

「おまえを生涯、幸せにする。俺と結婚することを後悔させない」

「私も、あなたに私と結婚してよかったと思ってもらえるように、よき妻になるわ」

「気負わなくていい。ありのままのおまえを愛しているからな」

再び逞しい腰を蠢かせたアレクシスは、ねっとりと蜜壺を擦り上げる。

彼の無限の愛情を浴びて、フレイヤは胸を喘がせた。

「あっ、あ、待って……まだ……」

「待たない」

ずんずんと腰を突き上げられて、濡れた媚肉を硬い楔が舐る。

すっかり快楽に熟れた体は、瞬く間に絶頂へ導かれる。

藍色の天に煌めく星が瞬き、そして朝陽の中に溶けるまで、ふたりは濃密に愛し合い、睦言を交わしていた。

終章　ハッピーエンドのそのあとで

花が咲き誇る王宮では、王太子アレクシスとフレイヤの結婚式が催されていた。

荘厳な式が行われたあと、ふたりは誓いのキスを交わす。

ふたりの結婚を、国内外から招待された賓客たちは祝福した。

花嫁のドレスをまとうフレイヤは、庭園に出ると純白のブーケを投げる。

娘たちは笑顔でそれに手を伸ばしていた。

処刑を宣告されたフレイヤは、王太子妃に返り咲いた。フレイヤ王太子妃は聖女にはなかった祈りの力を有しており、王国には永久の平穏がもたらされる。

ルビーのペンダントのおかげであるとフレイヤは言ったが、不思議なことに、ほかの人がペンダントを掲げてもなにも起こらないのだった。

実は、フレイヤが真の聖女だったのかもしれない。

そんな囁きがヴァルキリア王国の人々に広まった。

花が舞い、晴天に鳩が飛んでいる。

結婚式を終えたフレイヤは、アレクシスとともに庭園の噴水の傍に佇んでいた。

今日の記念に、宮廷画家からふたりの晴れ姿を描いてもらうためだ。

画家のキャンバスには、純白の正装をまとったふたりが幸せな笑顔で描かれていく。

背後には花の咲き誇る庭園と、豊かな水が溢れる噴水。晴れ渡る空には鳩が飛んでいた。

微笑みを交わすふたりは、幸福を分かち合う。

そよ風が吹いてフレイヤの薄いベールをさらおうとした。それをアレクシスが、そっと手で押さえる。

「花嫁のドレスを着たフレイヤは最高に美しい。俺は結婚できる幸せが、こんなに胸を満たすものだとは今日まで知らずにいた」

「アレクシスも、とても素敵よ。あなたと結婚できて、私は世界で一番幸せだわ」

花婿のアレクシスは純白のコートに、白地に金糸で刺繍されたウエストコートをまとっている。惚れ直すほどの美丈夫だ。

彼の黄金色の瞳は陽射しを受けて眩く輝いていた。

この双眸に魅入られてから、フレイヤの運命は大きく変わった気がする。

アレクシスを好きになってよかった——。

悪役令嬢だったフレイヤは彼に愛し愛されて、素直な自分を取り戻すことができた。誰かを愛するということは崇高であり、世界でもっとも大切なものだったのだと気づかされた。

結婚しても、そして王妃になっても、アレクシスと王国を守っていくことを胸に誓う。

ベール越しに、フレイヤはそっと囁いた。

「あのね……もうひとり、家族ができたの」

「フレイヤ、まさか……？」

瞠目したアレクシスに、肩を抱かれる。彼の視線は、ドレスの腹部に注がれていた。

花嫁のドレスは締めつけるタイプのものではなく、胸元から切り替えがあり、ゆったりと流れるラインである。胸元にはルビーのペンダントが光っていた。

はにかんだフレイヤは夫であり、父になるアレクシスに報告した。

「赤ちゃんができたの。まだ男の子か女の子か、わからないけど」

「そうか……！　子ができたか」

喜びを浮かべたアレクシスは、フレイヤと額を合わせる。

感激したように、彼は深い息をつく。

「ありがとう。俺はおまえとの、子がほしかった」

「跡継ぎになるかもしれないものね」

「それはあるが、好きな女の子どもがほしいんだ。だから男でも女でも、どちらでもいい」

彼の心からの言葉を聞いたフレイヤは、じいんと胸を打たれる。

フレイヤを深く愛し、子どもを大切にしてくれるアレクシスとなら、幸せな家庭を築いていける。

彼の子どもを産みたい。愛する人の子を産むことが、これからのフレイヤの使命となる。

「アレクシス……あなたを愛しているわ」

「俺もだ。俺の花嫁を、永久に愛し抜く」

ふたりは柔らかなくちづけを交わす。

のちの宮廷画家の作品には、結婚式のふたりのほか、王子を抱いたアレクシスとフレイヤの肖像が残されることとなる。

ハッピーエンドを迎えた悪役令嬢フレイヤは、ヴァルキリア王国の王妃となり、末永く幸せに暮らした。

～Ｆｉｎ～

あとがき

こんにちは、沖田弥子《おきたやこ》です。

このたびは、『転生悪女な私が断罪回避のため軍人王子に取り入ったら予想外に愛されまして』をお手にとってくださり、ありがとうございます。

本作品は転生と悪女、そしてお約束の婚約破棄のシーンから始まる乙女ゲームの世界をテーマに書きました。北欧神話風の世界観なので登場人物名や土地の名前など、馴染み深いものを選びました。

しかしヒーローの名前だけは「トール」にできない……もっと煌びやかな名前にしないとなぁと悩みまして、神話とは離れた「アレクシス」にしました。悪女のヒロインに対抗するには俺様キャラしかないと信じた私は、押しの強い俺様ヒーローを書けて幸せでした。

塔でのんびりスローライフしながらセレブリティな俺様ヒーローに溺愛されるというコースが最高です。

ストーリーの展開上、ずっと閉じこもっているわけにもいかないのですが、囚われのお姫様みたいな物語にワクワクするので、またこういった物語が書けたらいいですね。

本来は結ばれなかったはずのふたりの愛が育っていく模様を、皆様に楽しんでいただけたら幸いです。

最後になりましたが、本作品の書籍化にあたりお世話になった方々に深く感謝を申し上げます。麗しいイラストを描いてくださった蘭《あららぎ》 蒼史《そうし》先生、ありがとうございました。そして読者様に心よりの感謝を捧げます。

あとがきを執筆している今はクリスマスなのですが、山形は極寒です。

今年の冬は全国的に気温が低い予報なので、皆様暖かくしてお過ごしください。

願わくば、皆様に穏やかな春が訪れますように。

沖田弥子

転生悪女な私が断罪回避のため軍人王子に取り入ったら予想外に愛されまして

Vanilla文庫

2025年2月20日　第1刷発行　定価はカバーに表示してあります

著　　者　沖田弥子　©YAKO OKITA 2025
装　　画　蘭 蒼史
発 行 人　鈴木幸辰
発 行 所　株式会社ハーパーコリンズ・ジャパン
東京都千代田区大手町1-5-1
電話 04-2951-2000(営業)
0570-008091(読者サービス係)
印刷・製本　中央精版印刷株式会社

Printed in Japan ©K.K. HarperCollins Japan 2025 ISBN978-4-596-72515-8